随想　森鷗外

小塩節

青娥書房

随想　森鷗外

小塩　節

まえがき

医師として世に尽くしながら、同時に詩人、作家であった人は、洋の東西を問わず、まことに多い。才能溢れる人の例としてはチェーホフ。遥かに地味だが篤実なドイツのハンス・カロッサ。そして我が国で言えばまず第一に鷗外森林太郎、そのあと他にも実に多くの例がある。人の生死に深く関わり人の生命を預かるつとめを生きているから、医と文の二本の軌道を同時に進んでいけるというだけでなく、自らが地上の僅か数十年の生命を懸命に生き、言語に表現していくその軌跡が、私たちにとって尊いのだと思う。

鷗外については異論反論もあるだろう。鷗外は血潮したたる現場の医師ではなく、日本陸軍の高級官僚であって、現場を離れた役人ではなかったかと。そう言えるかもしれない。しかし全ての医師が毎日血をしたたらせてメスを握っているわけではない。患者と静かに黙って長い時間対座しているだけと見える医師もいるだろう。衛生学をおさめて、全軍の健康を司るのも医師である。鷗外は本職が医師であったからこそ、『高瀬舟』や史伝の数々を生むことが出来たのだろう。「医を学んで仕えたが」、それで世間の話題になったことはないなどと鷗外は言ってみせる必要も責任もなかった。

そもそも医は仁と言うではないか。世の話題になるために人は生きるのではあるまい。それなのに洋行帰りの若い軍医は何年にもわたって攻撃的論争を至る所でいどみ、しかけ、しばしば激しい言辞を弄した。

その圭角が折れて砕けたのはいつからだろう。何がその機縁だったのだろう。人に秘した、己が体内の病患だったか。日清戦争だったろうか。多くの研究者や評伝作家、伝記作者の方々が詳しい研究を積み重ねて下さるので、多く学ばせていただくことができる。しかし私は残念ながら鷗外研究者ではない。無論国文学者でも比較文学者でもない。また、その方法論を知らず、訓練を受けていない。強いて言えばただ異国ドイツの言葉や詩や音楽を好んで、少しばかり学んできたに過ぎない。

思えばドイツという国と民族は近世以来実に悲惨な歴史を繰り返してきたが、不思議なことに、夕空を啼きながら飛ぶ小鳥の群のようにたくさんの詩人や作曲家を生んでいる。近世とは言わない。さらに古い遥か中世以来の彼の地の詩人たちのうちの、ほんの僅かな人の心の調べを、私は彼らの言葉を通して朗唱するばかりである。

戦後の何年か、味わいたのしむどころか、それによって人生を歩むことが許される幸せな時期があった。そのような時代がもはやすっかり過ぎ去ろうとしている今、遠い異郷から立ち戻って、この日本という国の近代化を担った先人の一人、森鷗外の実像を想い描こうとするのは、言ってみれば必然の道とは言え、方法の訓練を経ていない素人がいどむには、大それた業に違いない。

そうではなくて、今、私が小著を諸賢のお手許にお届けするのは、彼の作品に触れての感想のいくつかを記しておきたいからに過ぎず、鷗外という人物とその仕事が自然に私を魅きつけてやまぬからであると同時に、彼の生涯にあったいくつもの深い悲しみが他人事ではなく今の私にも迫るからである。本書の主題と表題は、実は「鷗外の悲しみ」と言うべきであるかもしれない。本書の中であえてその点をめぐって述べてみようと思うから、当否は読者のご判断にゆだねよう。

さて、鷗外の生涯は「文」と「医」であったと記したが、その「文」にはさまざまな創作があっただけではなく、厖大な翻訳の仕事があったことはよく知られている。そのことを今ここで改めて確認しておくことは、決して無駄ではない。これから話が少々くどくなることをご了承いただきたい。ただの翻訳とは思えぬある自発的な「仕事」が、彼の生涯の始めを決定したからである。

明治初期の日本社会では、西洋留学がいわゆる出世の条件だった。中でも国内唯一の国立大学である東京帝国大学を学部一番から三番迄の成績で卒業して、文部省派遣の留学生としてヨーロッパに行くことが理系医系法系学生の夢だった。鷗外もドイツ行きを熱望していた。最年少で医学部を卒業したが成績順位は八番に終り、熱望した文部省留学生の特典は与えられなかった。

しかし彼のドイツ留学の熱望は冷めなかった。どうしてでもなんとしてでもドイツに留学したかった。友人や、おそらく親族のひとりで陸軍に関わりの深かった西周《あまね》が推してくれてだろう、陸軍に軍医副（のち陸軍二等軍医）として入省したのが、東大卒後半年の明治十四年（一八八一）、十九歳だった。まず東京陸軍病院に配属された。

翌年には幸運にも軍中枢の陸軍軍医本部庶務課に転属。ここで鷗外はプロイセン・ドイツ陸軍の衛生制度の調査を命ぜられ、その公務のかたわら、私的にプラーゲルの陸軍衛生制度書を基にして、半ば翻訳半ば編纂して『医制度全書稿本』十二巻を翌年五月に編述し了えて、官に納めた。命ぜられてではない快挙、そのスピード、熱意、内容の広さなどが陸軍上層までよく伝わって回覧され、彼のその後に決定的プラスとなった。彼は東京帝国大学卒の陸軍軍医として重んじられた。抜群の読書力と訳読能力のたまものでもあった（実は野心もすこぶる強かった）。そしてこの編纂が彼自身にとっても、軍隊とは何か、軍と社会の衛生とは何かを正確に知る学びとなった。

さらにそれは一点一画の誤りも許されない「翻訳」という仕事の学びにもなった。小さな文芸作品の訳出という手すさびではなく、知らずして一国の陸軍の背骨に関わる事業を単身行ったことになる。そして翻訳という仕事に自信を得たことは言うまでもない。

鷗外の生涯における翻訳の多さ（文学、衛生学、美学まで）、多様さは驚くべきものがある。多数の泰西文芸のわかりやすい日本語訳によって、彼は明治の日本にヨーロッパ文学の実質を伝えるだけでなく、平易でわかりやすい、新しい日本語を贈った。明治の文人で詩・文における鷗外の訳文に触れたことのない人はいなかったろう。翻訳は、縁の下の業、二次的なものと思われがちだが、鷗外はその厖大な翻訳によって明治の日本語を創《つく》ったと言ってもよかろう。

つまり彼は「医」と「文」の二本の道のみならず、「ホンヤク」という大きな三番目の仕事も成し遂げて日本社会に贈ったのである。翻訳はただ右のものを左に移すだけのことではない。一国の言語の新しい世界をひらく業でもあるのだ。マルティーン・ルターの聖書訳の例をひくまでもない。

彼の訳文はそしてただ平明というだけではない。例えば、『即興詩人』と並んで彼の訳業の高峰をなすのがゲーテの『ファウスト』だが、数知れぬ名句の中から一つをとり出してみよう。

碩学ファウストが復活祭《イースター》の午後に、市門の外の郊外を散歩しながら、沈みゆく夕陽を見て言うことばがある。

「夜を背にして昼を面《おもて》にし、
空を負ひ波に俯《ふ》して、己は駆ける」。
（一〇八九行）

何気ないただ二行の訳文が、なんと力づよいことか。

ほんの一例に過ぎないが、この日本語のしなやかな強さは、鷗外の筆から力《りき》みなしに自然に生まれて人を励ます。『ファウスト』全篇の至る所からその例が挙げられるだろう。漢詩漢文の素養があったというだけのことではない。このような一行を何気なく生む心に、強い詩的弾力があったればこその成果だと言えよう。

もちろん鷗外といえども万能ではない。その身辺小説のいくつかはつまらない。長篇小説は、『雁』一作以外は失敗だった。自分でもそう認めている。

森鷗外とは、そも何者だったのだろう。そんな問いにつれて心に浮かぶいくつかの思いを、ここに記させていただこう。

この鷗外について優れた研究の書をあらわされた方々が国内外に多くおられる。敬意を持ちつつも本書で触れるに当って、敬称を用いずにその名を挙げた方々に、おゆるしを願いたいと思う。

小塩　節

随想　森鷗外／もくじ

脚　気

『妄想』

海を眺める白髪の翁

上総《かずさ》（千葉県）、太平洋の海岸、「ひょろひょろ」と赤松の生えている砂丘の上に建てた小さな家に、白髪の翁《おきな》がひとり坐って海を眺めている。

「…朝凪《なぎ》の浦の静かな、鈍い、重くろしい《ママ》波の音が、天地の脈搏《はく》のやうに聞こえてくるばかりである。

丁度《ちょうど》渡《わたり》一尺位に見える橙黄色の日輪が、真向うの水と空の接した處から出た。水平線を基線にして見てゐるので、日はずんずん昇って行くやうに感ぜられる。それを見て、主人は時間といふことを考へる。生といふことを考へる。死といふことを考へる」。

森鷗外五十歳（満四十九歳）春に発表の作品『妄想』は、太平洋の海を眺める秋近い朝、日の出時の、すがすがしいひと時から始まる。でも、いきなり「時」、「生」そして「死」が出てきて読む者は驚く。

半世紀になるおのが生の軌跡と世界の思想の歴史を振り返り、縫い合わせて三十頁程の自伝的感懐を述べていく。それを自ら『妄想』と呼ぶのは何故なのか。神経を病んでいるわけではないだろうに。古い中国の漢字としては妄想は、「乱れて、正しくない想念」という意味だったが、時代がたつにつれて「個人的な、主観的な想念」の意味にも用いるようになり、さらには誇大妄想や被害妄想といった心理を表わす用法にもなるが、漢詩漢文の教養が非常に深い鷗外は自作『妄人妄語』とも共通して「ごく個人的な思い」の意味で使ったのであろう。巻末を「これは……ふと書き棄てた反古《ほご》である」と終えているのと呼応していると思われる。

太平洋の波の音が早朝の天地に静かに、しかし重くろしく鳴っている中での語り始めは、自然と人生とのおだやかな一体感から静かに書き始めるが、それが直ちに「時間」ということに考えがいき、主題の「生」と「死」に進む。静かな朝の大自然の中で「死」を想うのは、実は普通ではないだろう。主人の翁は、死とは生が無くなることであると考える。ただし、世の常のように老いが迫って来るにつれて死を考えるというのではない。自分はそのような世間一般の考えとはどうも少し違った考えをしている、と語り始める。第三人称の翁や主人という主語が自然に一人称の「自分は」に移行するが、それには何の不自然さもない。これでこの作品が「自伝」らしいという想像が可能になる。白髪の老人の「自分」は実は鷗外自身の「自分」である。

筆は進んで全文三十頁の終りに来ると、「その翁の過去の記憶が、稀に長い鎖《くさり》のやうに、刹那の間に何十年かの跡を見渡させることがある。さういふ時は翁の炯々《けいけい》たる目が大きく睜《みは》られて、遠い遠い海と空とに注がれてゐる」と終る。冒頭の太平洋の朝とみごとに呼応して始めと終りを締めくくっている。反古でも妄想でもないではないか、と反問したくなる——。そのとき読者はみごとに作者の掌の上で踊らされているわけであろう。「遠い遠い」とあえて繰り返すことば遣いは、横浜の「桟橋が長い長い」と万感迫る詠嘆の思いをこめた語法と同じ感慨をこめている。ある遠い国と人を想っての発語であろう。全文の最後に、長い吐息のような思いをこめて、この作品は実は反古でも妄想でもなくて一つの詩篇であると、読者は思う。

作品『妄想』

思想史的自伝小説もしくはエッセイ風とも呼べる、短い作品『妄想』は、明治四十四年（一九一一）、鷗外五十歳（満四十九歳）という人生の節目の年の春、三月と四月の二回に分けて『三田文學』に発表された。明治四十年（一九〇七・満四十五歳）に陸軍軍医総監（陸軍省医務局長）にのぼりつめてひと息ついたが、その後やがて大正改元、乃木将軍殉死、陸軍省内軍医人事権をめぐる争い、『キタ・セクスアリス』問題など公的な、或いはまた国家的諸問題が大波のように一気におしよせてくるまさにその直前。嵐の前の静けさのひとときに、軽やかな筆緻で記した一種の思想史的自伝である。

日が昇る太平洋の海から始まる静けさは、「時間」への思念に誘い、それは大洋の生きいきした「時間」へ、そして「生」へと考察を誘う。常人と異なり、思いはさらに「死」に及ぶ。それを軸にして人生五十年に思考は進む。

戦国時代の昔から日本人は、人生の長さを「人生（人間）五十年」と考えるのが普通だった。鷗外もそれにならったのだろう。夏目漱石も五十歳で亡くなっている。人生の重要な節目の年に立ってふり返れば、第一に驚くべき精励恪勤を続け、第二にあくなき栄達の道をのぼりつめて「上昇」への己が意志の貫徹を果たしてきた。この自己の歩みを世界的思想史と重ね合わせて思い見るに、今改めて人生の最も底辺にある「死」を想わずにはいられない。死こそ、五十年の生涯の総決算といっていい。と同時に、若き日から生命をかけて歩もうとしてきてついに果たし了えなかった科学の道をほがらかに望む。このことを明快に、一種軽やかに記していく。

ただし、ある意味で当然のことに、個人的に深いつながりと互いに愛惜の念を抱く者たちの生と死が、また自己の死がこの自分にとって何なのか。しかしそう考えるや否や思いは自分の死に集中する。そして当然ながら世の人たちとの愛憎の関係は思いの対象にはならない。強いて言えば世界の中に自分がたった一人生きて死んでいくのだとさえ言える。正直である。ただし、そのことで孤独にさいなまれることはない。これが本作品の不思議な重点の一つである。

もうひとつ別のいかにも不思議なことは、話が少し先に進むが、文学作品（または思想的作品）として、この人生五十年、力をつくし生命を削って働いてきた厖大な著述著作については、本作品『妄想』には一言も触れられていないことである。文学と医学の両面での働きは何だったのか。

「文学」についてはここにことごとしく述べる必要はあるまい。「医」について一言申せば、どうだろう。

四年たった大正三年（一九一四）には、自分は「嘗《かつ》て医として社会の問題に上ったことはない」と断言するが、その前に臨時脚気病調査会を勅許を得て立ち上げ、会長となり、あるいはまた例えば『衛生新論』第五版をいわば軍医生活の総しめくくりのように出版して世に問うているではないか。実に千数百頁の超大作である。恐るべき執筆力、問題提起と整理、提言。社会の「問題」にならなかったなどということはありえない。鷗外について精緻正確厖大な研究をきわめた小堀桂一郎が、これには残念ながらと疑義を呈している（小堀桂一郎『森鷗外』日本はまだ普請中だ）のも当然である。

ともあれ、このように文芸・医学すべてにわたって著述については一切の言及はなく、ひたすら「死」について問い進めていく。そして陸軍という強大な組織の問題と重圧や家庭内の母と妻の不和は、己の「死」の前にはほんの些少なことで、取り上げるほどのことではない。死とはいったい何なのか。人間五十年のときと合わせ思うならば、死はいったい何なのだろうか。

水平線に朝日が昇り、翁は大きな日輪を見ながら時間ということを考える。生ということを想い、死ということを考える。「……しかし死といふものは、生といふものを考へずには考へられない。死を考へるといふのは生が無くなると考へるのである」。

繰り返しになるが、これが本作品の主題であり、中心ポイントである。みごとな出だしであり、明快である。そしてここに有名な「自分は伯林《ベルリン》にゐた」の文章が続く。文章の主語は「主人」、「翁」から自伝らしく「自分」に代るが、何の不自然さもなく進んでいく。

「自分がまだ二十代で、全く處女のやうな官能を以《もっ》て、外界のあらゆる出来事に反応して、内には嘗《かっ》て挫折したことのない力を蓄《たくわ》へてゐた時の事であった。自分は伯林《ベルリン》にゐた」。

学生生活、とくに夜の眠られぬときの想いが語り出される。そのような時、自分というものについて考える。すると俳優が舞台に出て演技をしているようだと思う。役目を演ずる自分の背後に、実は本当の自分がいるように思うが、しかし舞台監督の鞭を背に受けて、せっせと勉強する子供から、勉強する学生、勉強する官吏、そして勉強する留学生というふうに役をつとめ続けて、本当の自己に目ざめないでいる。

しかし或る日、日本からの留学生仲間が一人チフスで亡くなり、その遺骸に接して、死を深く思う。

死の前の「生」というものは、あらゆる方角から引っ張っている糸の湊合《そうごう》（綜合）だと思いいたる。これがぷっつりと、いやバサリと切れて生がなくなる。それだけのことである。

――これがこの作品『妄想』の主題となる。そして仏教やキリスト教の教えや思想の断片が心に浮かぶが、とうてい納得できず、消えていってしまう。科学の諸テーゼをもってしても駄目である。絶対の真理がつかめない。そこでついに思想的読書を始める。

このあたりの運びは、鷗外が訳したゲーテの『ファウスト』第一部に実に似ている。中世そのままの研究室で、ファウスト博士がすべての学問を「あらずもがなの神学までも」徹底的に学び研究し尽くしてきたのに、絶対の真理をつかめないと嘆く場面から始まる物語である。ここから読書、著述の順序は現実の史実とは多少違って、時間的にはかなりのフィクションが施される。ハルトマン、スチルネル、ショーペンハウエル、ニーチェ、パウルゼン……と。

ついに三年がたって帰国となる（実際の鷗外は実に四年もドイツにいた）。科学を学び、科学の成果を実際に生かすのに便利なドイツにいたいと切に思う。しかしやはり恋しい故郷日本に帰らなくてはならない。

帰国して、本《もと》の杢阿弥《もくあみ》説を唱えることになる。ところがやがて地位と境遇とが自分を科学の場からはね（はじき）出してしまった。あとは役人人生である。そしてやがて死が来る。このまま人生の坂を下っていくのだ。しかし死はこわくない。死を怖《おそ》れもせず、死にあこがれもせず。

自分は辻に立っていて、度々帽を脱《ぬ》いだ。帽は脱いだが、辻を離れてどの人かの跡について行こうとは思わなかった。多くの師には逢《あ》ったが、一人《ひとり》の主にも逢わなかったのである。——つまり自分にとって、絶対というものはついになかった。そしてすべてをゆだねる絶対の主もなかった。この語「主」はこのあとに再度繰り返される。この「主」とは何だろうか。

主人公は最後に、自然科学だけは今後も発達してゆき、人類を助けるだろうとかなり楽観的に思う。しかし科学も「主」ではない。主はいずこに在りや。

何十年かの生涯をかえり見ていると、遠い遠い海と空に目が注がれる。それは言葉には出して言われないが、なつかしい彼の地、あの人のもとなのであろう。科学と学問の国。そして生涯ひそかに想い続けた白い手のやさしいあの人であろう。それも老いの妄想であろうか。

此の作品『妄想』は短い小さなものではあるが、森鷗外の生涯の中心的課題である自我の死をめぐって、もっとも中軸的な作品である。そして、書くべくしてあえて触れない生涯の大きな課題である「著述」についても、わざと触れないところに鷗外の鷗外らしさがあると思われる。書けば失敗についての思い出が出てくる。人がその一生で一度も失敗をしないということはあるまい。鷗外もまた大きな失策失敗をした。それが何だったのか。それについては本書では後述するが、この小篇はすでにここで逆照射して見せてくれている。

死

死とは生命がなくなることである。言ってしまえば単純明快なことだが、死について考える時代や地域によって、死をめぐる人間の考えにはいくつもの大きな差異がある。宗教的な考え方によれば、永遠なるもの、神が生命を与え、また取り去る。そこには永遠の虚無ではなく、永遠、永劫なるものがあって、生物に生命を与え、また取り去る。厳然たる永遠者、絶対なるもの、または神が、いる。仏教でもキリスト教でもこの基本には変りはない。或いはやはり無限の虚無であろうか。

しかし森鷗外はそうではない。永遠なるもの、時間空間を越えて絶対なるものを考えない。ひたすら端的に生命がなくなること、自分の生命つまり自我を形成するすべてが、切断されてなくなること、と考える。彼はそれを「死が一切を打ち切る」と言い表わす。

『妄想』にはこの考え方に至り来たった内面的、思想的経過、展開の跡を、留学中の青年時代から始めて、西洋思想史との格闘の跡を振り返りながら記述していく。「死」をめぐる半生の自己思想史である。その道筋を東洋的と呼んでいいだろうか。私（小塩）には疑問である。端的に鷗外自身の、彼独自の考え、と呼びたい。それは十年後の本当の臨終に当ってのあの「遺言」でもう一度くり返される。「死ハ一切ヲ打チ切ル重大事件ナリ」と。

十年早いその思索開始にあたっては彼は先ずショーペンハウエルの言葉を思い出す。

「死は哲学の為に真の、気息を噓《ふ》き込《こ》む神である、導きの神（Musagetes）であるとショーペンハウエルは云った。主人はこの語《ことば》を思ひ出して、それはさう云っても好《よ》かろうと思ふ。併し死といふものは、生といふものを考へずに考へられない。死を考へるといふのは生が無くなると考へるのである。

これまで種々の人の書いたものを見れば、大抵老《おい》が迫って来るのに連れて、死を考へるといふことが段々切実になると云ってゐる。主人は過去の経歴を考へて見るに、どうもさういふ人々とは少し違ふやうに思ふ」。

我という自己存在すなわち自我とは、あらゆる方角からこの自己存在に集ってきて、いわばそれを引っ張るようにして綜合する無数の糸の集まりである。その綜合体が自我というものだが、死とは、この無数の糸の綜合体である自我が無くなることである。

自我がなくなる。生が断ち切られる。そのとき、そのことで苦痛は生じない。ただなくなるだけである。苦痛はないが、ただ自分が消えていってしまうのはいかにも残念である。

そこで主人公は哲学の書を読み始める。まず当時大変な評価評判を受けていた無意識哲学のハルトマンであった。「錯迷の三期」という。その錯迷打破の説には感心した。そしてその系譜を辿って何人もの哲学書を入念に読んだ。面白かった。しかしそれらの説に従うことはしなかった。出来なかった。それらは人生の闇を明るく照らす光ではなく、無に向かう厭世哲学だったのである。留学したドイツの大学で自然科学の方法の学びを十分に果たしつつ、自我について苦慮し、書を読み、内的な悪戦苦闘の夜な夜なを送った。

そして、故郷日本に帰る時が来た。その頃の日本には科学を自らの力で発展させ進歩させる力は「まだ」なかった。西洋的な意味での「哲学」もなかった。

「洋行帰り」の身は、人々を喜ばせることはできなかった。むしろその反対に、珍らしい新奇な術を見せないので失望させた。それが正しかったのである。しかし自分は絶えず現状に不満であった。自分は永遠の不平家である。そしてこのままで人生の下り坂を下《くだ》っていく。その下り果てたところが死だということを知っている。

しかし、その死はこわくない。老年にある、そして増長するという「死の恐怖」が、自分にはない。

死をおそれもせず、死にあこがれもせずに、自分は人生の下り坂を下っていく。芸術と学問だけは、書物を通してではあるが、心ゆくまで追求してきた。しかし、いかなる哲学もそれを「信ずる」ということはしなかった。

ニーチェのアフォリズムには目のさめる思いがした。しかし「永遠の再来」の言辞には同意しなかった。パウルゼンの流行についても同様だった。つまり、絶対なる永遠は自分（鷗外）のくみする考えではないのである。自我という生が、死によってなくなる。この明快な事実だけがのこるのである。

――作品の末尾で主人公の翁（鷗外）は、医学の目ざましい進歩によって多くの病気がなおるようになった現状と未来を肯定する。種痘で疱瘡《ほうとう》を防ぐ。チフスやジフテリアをなおす方法が見つかった。ペストも克服できる。ライ病も病原菌がわかった。結核も予防可能になったと言えよう。癌も制圧できるだろう。梅毒もサルヴァルサンでなおるようになった。エリアス・ユチニコフの楽天的哲学は希望を与える——。こう述べて、医学の進歩をうたい上げる。ただし、脚気については、一言のメンションもない。

しかし、医学についてのこの楽天的評価は老人の心を明るくする。そして何十年かの思考の跡を想い返すとき、老人の炯々たる目は大きく見ひらかれて、「遠い遠い海と空とに注がれてゐる」のである。そこには、明るく実在する何かが存在する。それを翁の両眼はしっかりと見つめるのである。それは何かと、限りなく読む人をさそいながら。くり返しになるが、死をおそれず、死にあこがれもせずに。

自我

ベルリンで同じ留学生仲間の日本人学生が亡くなったことについては、先に一度取り上げたが、ここで必要なのは、死に襲われた時の「自我」についてである。鷗外がここではっきり記しているのは、自我とは「あらゆる方角から引っ張ってゐる糸の湊合《そうごう》」であると規定していることである。

「それから留学生となってゐて、学業が成らずに死んでは済まないと思ふ。併し抽象的にかういふ事を考へてゐるうちは、冷《ひや》やかな義務の感じのみであるが、一人一人具体的に自分の値遇《ちぐう》の跡を尋ねて見ると、矢張り身近い親戚のやうに、自分に、Neigung《ナイグング》からの苦痛、情の上の感じをさせるやうにもなる。

かういふやうに広狭種々の social《ソチアル》 な繋類的思想が、次第もなく簇《むら》がり起って来るが、それがとうとう individuell《インヂィヰジエル》 な自我の上に帰着してしまふ。死といふものはあらゆる方角から引っ張ってゐる絲《いと》の湊合《そうごう》してゐる、この自我といふものが無くなってしまふのだと思ふ。

…………

自我が無くなる為《ため》の苦痛は無い」。

「そんなら自我といふものが無くなるといふことに就いて、平気でゐるかといふに、さうではない。その自我といふものが有る間に、それをどんなものかとはっきり考へて見もせずに、知らずに、それを無くしてしまふのが口惜しい、残念である。漢学者の謂《い》ふ酔生夢死といふやうな生涯を送ってしまふのが残念である。それを口惜しい、残念だと思ふと同時に、痛切に心の空虚を感ずる。なんとも言はれない寂しさを覚える」。というわけで、そのことゆえに苦しくて眠れぬ夜々を過ごす。ある夜に思い立って、翌朝早く本屋に行き、前出のハルトマンの哲学の本を求めた（これはフィクションである。鷗外がハルトマンを本格的に読んだのは、実は帰朝後のことだったと、何人かの研究者が記している）。それから、同じ系統の哲学書を次々と読んでいき、ついには、さかのぼればカントに至り、下ってはニーチェに及んだ。日本人である身にはヨーロッパ的思考、思想の根本に強烈に在る自我の意識をそのまま受けとることはできない。自己同一性を保つ自我は、右に述べられたとおり、幾多もの糸の綜合であるが、これが絶対性をもつものではなく、死とともに無くなってしまう。当然のことに違いないが、しかし無くなる前にその自我の実体を見きわめたいと切に願う。

しかるに、先に述べたように既成の宗教の教えによっても、あるいはまた猛然と探求を始めたという哲学の流れによっても、そしてまた実は一篇の抒情詩としか言えぬ形而上学の思考の殿堂にあっても満足させられることはない。

意志や感情や行動の主体である自我が、自分自身の場合、ほんとうに自立している自己自身であるのだろうか。舞台俳優のような仮面をかぶった姿であって、それをもうひとりの自分が目をさまして、しかと見つめようとしているのではあるまいか。作品の『妄想』

は、この問いをときあかして終るわけではない。問題は解明できない。できなくていいのだ。自我そのものも、自我にまつわる問題も、死によって無くなってしまうのだから。絶対の無がやってくる。

それでいて、死と無の淵を見ながら、この人は虚無主義におちいっていかない。自然科学（少なくとも医学）の近未来が多くの明るさをもたらすと最後に記していることが支えなのだろうか。それとも遠い過去を眺め返すときに見えてくるなつかしい地と人の思い出の美しさだろうか。だとすると、自我をつくる無数に近い多くの糸が全部切れてしまっても、消えぬ一本の糸だけは「残る」のであろうか。天地の全てはついえ去っていく。しかし一本の糸だけは残ると言おうとしたのは誰だったか。

自我の確立は、実はゲーテの『ファウスト』の第一のテーマであった。『ファウスト』第一部冒頭の老碩学の独白と、この作品『妄想』は何と似かよっていることか。

師と主

作品の終り近く。万巻の書を読んだうえで、読み方そのものを、辻に立って冷憺《れいたん》に見るように見てきたと振り返る。立っていて、冷たんには見ていたが、度々帽《ぼう》を脱いだ。昔の人にも今の人にも敬意を表わすべき人が大勢あったのである。

「帽は脱《ぬ》いだが、辻を離れてどの人かの跡に附《つ》いて行かうとは思はなかった。多くの師には逢《あ》ったが、一人《ひとり》の主には逢《あ》はなかったのである」。

幼い頃から鷗外は多くの師に恵まれた。津和野で過ごした幼少年期十年の間に、そして上京して間もなく就いて学んだ漢学漢文漢詩の師たちのことは、一生忘れなかったし、思いをつくして恩師に仕えた。津和野藩最後の藩主には、お上《かみ》として長く敬意を表し、よく尽くした。しかし真の意味で「主」と仰いだわけではなかった。ドイツに留学し、特にミュンヒェンで学んだペッテンコーファー教授はすでに六十歳を越えていたし、豪放磊落の人であったが、師として深く敬愛した。ベルリンのローベルト・コッホには、敬意をもって学んだし実に多くを与えられたが、（敬して）愛したわけではなかった。明治天皇には恭《うやうや》しく敬意をつくした。天子様として頭を垂れた。大正天皇には重んじられ、ここでも天子様として頭を垂れた。心からの誠意をもってお仕えした。「お上《かみ》」として仰いだ。お上《かみ》はしかし神《かみ》ではなかった。神である「かのように」深く頭を垂れて最敬礼をしたが、信じて従ったのではなく、明治維新によって改めて打ち立てられた制度に従っての恭順であった。
このように地上において彼鷗外は多くの師に恵まれた。弟子として生徒として極めて優れていたからである。凡庸《ぼんよう》であったなら、よき師に出会うことはありえなかったろう。幸運な生徒だった。恵まれて多くの師に出会うことができた。さらに多くの思想家、哲学者の著作に触れ、多くの教えを受けることができた。古今東西に、多くの師を得た。

しかし、この人についていこうと思う「主」にはついに出会わなかった。心身をあげて、すべてをまかせ、己が魂をあけ渡すことの出来る「主」には全生涯を通じて、ただのひとりにも出会わなかった。帽を脱いで敬した人は幾人もいた。しかし、人間一生の「主」にはついに会わなかった。すべてをさらけだし、まかせて悔いない主はいなかった。どこかにいたのかもしれぬが、ついに会わなかった。

話はここで「主」についてではなく、脱帽について語りが続いていく。当時の権威フォイトについて、更にまた重ねてハルトマンに敬意をこめて脱帽したことを記したあとで、改めてもう一度、師と主について記している。「主」について二度も語るのである。

「それは兎《と》に角《かく》、辻に立つ人は多くの師に逢《あ》って、一人《いちにん》の主にも逢はなかった」。

この二度の述懐は皮肉をこめて記されているのか。苦い笑いだろうか。怒りだろうか。

いや、全く同じ内容のことを、全く同じ句調で二度も繰り返しているその二回目には、ひそやかな詠嘆、悲哀の音調がひそんでいる。生あるうちにはついに信じて全てをまかせ、ついていくべき「主」には逢わなかった。そしてまた思いを変えれば、人が全能者に代って知恵を尽くして構築するいかなる形而上学も、実は小さな詩一篇のようなものだ。

さてこの「主」とは何か。何者か。地上の権威か。巨大な権力か。いや、そうではあるまい。他のところでも鷗外が口にしたことのない「絶対者」であろう。しかしその絶対者は、実は存在しえないのだ、鷗外にとっては。

「神」という語・表現を（ギリシア神話は別として）出来るだけ避けたゲーテが『ファウスト』の中で「主」Herr ということばを使ったことを知っていた鷗外も、「神」や「永遠」「絶対」を避けて「主」と言ったのではあるまいか。ゲーテの Herr を鷗外は「主」と訳している。

流れゆく時間を超越して永遠なるものを何と呼ぶかは、時代により人によって様々だろうが、それに本当に出会う人がいるか。永遠なるものに本当に出会ったと言い切れる人がいるか。永遠なるもの、絶対なるもの、超越者、神を予感する人はいるだろう。それを妄想に過ぎぬと片附けることも可能だろう。しかし本当に永遠なるものに遭遇してしまったら、人は言葉を失うだろう。出会った対象を「神」と呼ばず、もし「主」と呼ぶとしたら、恐らくそれはたいへんな人間化かもしれない。だが人間は真に人間であろうとするとき、その存在のどこかの隅で永遠なるものに触れ、それを「主」と呼ぶこともありうる。ゲーテはそのようにして垣間見た「絶対」なるものを「永遠なるもの」にして同時に「女性的なるもの」と呼んだが（das Ewig=Weibliche［ダス　エーヴィッヒ　ヴァイプリッヒェ］）。美しいことばだ。

そこにはゲーテの甘さ、甘えもあったと思われる。しかし鷗外もまた「炯炯《けいけい》たる目が大きく眸《みは》られて、遠い遠い海と空とに注がれてゐる」のである。ついに一人の「主」にも会えなかった悲しみを超えて。

「主」に遇わないのは、現代日本人の知識人の正直な本音である。自分から会いにはいかない。一歩踏み出すことをしない。耳では「主」の「福音」を聞いても、存在をかけては永遠なるもの、絶対なるもの、主と仰ぐべきものに向かっていかない。『かのように』の五條秀麿に対して友人綾小路が言う、「駄目、駄目、突貫していく積りで、なぜやらない」。この声は戦前も戦後も変りなく私たちにも聞こえる。

しかし鷗外はうろうろ出たり入ったりする迷える羊《ストレイシープ》の輩には組しない。彼は武士の子、さむらいであった。そして遠い遠い空のかなたに、たしかなるものを見つめる、純情なさむらいであった。

およそ哲学的にものごとを考えるに当って、ショーペンハウエルは遠いギリシアをまず見よと指示した。そして今、私たちが鷗外の作品『妄想』の中心部が、ゲーテの『ファウスト』と深く似かよっていることを見た。そのゲーテのファウスト博士は、人生の半ばに（第二部）遠い遠いギリシアの空と海を遥かに見つめる。

若かった日々に、可憐な町娘マルガレーテの存在をこわしてしまった。彼女の面影をひそかに追って、百歳という年に向かって果敢に生きようとする。これがゲーテ作『ファウスト』第二部の始まりである。

鷗外は明治十七年（一八八四）にドイツ留学を許され、翌明治十八年（一八八五）ライプツィヒで七歳年上の哲学者井上哲次郎と会い、『ファウスト』の邦訳について語り合った。鷗外、二十三歳の陸軍一等軍医。

ライプツィヒの中心地の地下酒場のひとつにアウエルバッハス・ケラー（スは「の」の意）という大きい店がある。かつて十六歳のゲーテが初めて親もとを離れて大学で三年間法律学を学んだこのライプツィヒで、若い詩人・劇作家として書き始めようとしたドラマ『ファウスト』第一部に、このアウエルバッハの酒場《ケラー》を舞台に、ファウスト博士と悪魔メフィストーフェレスを登場させる場面の着想を得た。

この有名な酒場に鷗外は、つまり滞独中の名高い哲学者井上哲次郎と連れだって入り、『ファウスト』の邦訳を漢文体ですることを励まされて、おおいに意気が上った。二十七年後に、漢文体でも、『舞姫』のような雅文調でもなく、当時の人々にわかりやすい口語体で訳出した（明治四十五年五月）。古今の名訳である。

その『ファウスト』とは、宗教改革時代以来の実在の人物でありながら伝説的人物となった男をドラマ化したもので、悪魔と手を握ってでもこの世界の根源的知識を得ようとし、独りになってでも全世界を相手にして、己れの自我を確立し、死をおそれることなく、生命の限り生きぬこうとする。このような人間像をドイツ人はルネサンス的人間と呼ぶ。

『妄想』の主人公もまた己れの自我を確立しようとして、死もおそれない人間である。ゲーテほど大げさではなくてつつましいけれども。

その自我が絶対者の前で砕かれるということが鷗外の場合、いや、日本的発想のもとではありえないのではないか。砕かれた傲慢な自己は、他者によってしか救われない。そのような巨大な自我とその粉砕、他者というものの存在、それが「さむらい」鷗外にはどうやら無いとしか言いようがない。最終的には遥かに遠い遠い海と空を見やる眼に僅かに救いがあるとも言えよう。

つまり、このさむらい的自我は、死によって一気に無くなるのだが、そのように無に帰すことにこそこの自我の意味、存在の偉大さがある。ということは、信ずべきは己れ自身のみ、なのである。『空車《むなぐるま》』（次項参照）の大きさは、実は鷗外自身なのではないか。何が、真の偉大さだろうか。遠い遠い海と空を虚心に見つめる眼にこそ大きな意味がある。

『空車』

二十一世紀に生きている私たちは、この短いエッセイの題名を「くうしゃ」と読むのが普通だろう。タクシーがお客を乗せて走っているときは「営業中」だが、お客を乗せていない場合には「くうしゃ」とするのが普通である。ところが鷗外は、すでにもうガソリン車が東京市内を走り始めていた大正初期なのに、空車と書いて「くうしゃ」と読むのではなく、古語の用法を掘り起こして「むなぐるま」と読み、荷を積んでいない荷車のことをさして語る。

大正五年（一九一六）の四月十三日、数え年で五十五歳の鷗外は、三十五年間勤めた陸軍を依願退職し、軍医部トップの座を八年勤め上げて、予備役に編入される。長かった宮仕えから解放され、翌年五月六日、七日、毎日新聞（大阪と東京版）に寄せたのがこの短いエッセイである。いかにものびのびと書いている。

荷物を積んでいない荷車のことを書いているのだから「からぐるま」か「くうしゃ」と読んでもいいだろうに、鷗外は古い読み方をとり出してきて「むなぐるま」と読ませ、こういう読み方をすれば、「昔の絵巻」に見るような「物見車」が思い浮かべられるだろうとたのしげに語り始める。「古語は宝である」。しかし宝をしまいこんでいては持ちぐされである。むしろ宝を掘り起こして用いようと思うと断って、実にのびやかに、ほんの一頁ほど朗らかに記したのが本篇である。印刷された本文は、冒頭の長い断りのことばを除くと、岩波書店全集版で僅かに一頁と四行。「からぐるま」と読んではいかにも「軽い」ので、あえてそれを避けて、懐《なつ》かしい古語「むなぐるま」を用いると断って。

鷗外の言わんとする車は、極めて原始的な、大八車に似た、しかし大八車の数倍大きい荷車で、人力でひくのでなく、馬がひく。積荷の洋紙を山のようにのせていることもあるが、そのような時には目をとめることをしない。積荷をのせていない空車のときにこそ、その大きさが目ざましい。この大きい車が大道狭しと行く。車をひく馬は骨格がたくましく、栄養もよく、悠然とゆるやかに都心を南北に走る白山通りを行く。背の高い大男が馬の口を取っている。大股で歩く男は左顧右眄《サコウベン》することなく、一歩一歩悠然と行く。傍若無人とは此の男のために作られた語かと思う。

「此車に逢へば、徒歩の人も避ける。騎馬の人も避ける。貴人の馬車も避ける。富豪の自動車も避ける。隊伍をなした士卒も避ける。送葬の行列も避ける」。

路面電車でさえ、車輛を止めて空車を先行させる。

それでいて此の車は一つの空車に過ぎないのである。

「わたくしは此空車の行くに遭ふ毎に、目迎へてこれを送ることを禁じ得ない。わたくしは此空車が何物をか載せて行けば好いなどとは、かけても思はない。わたくしがこの空車と或物を載せた車とを比較して、優劣を論ぜやうなどと思はぬことも亦言を須《ま》たない。縦《たと》ひその或物がいかに貴き物であるにもせよ」。

実に愉快な、人を喰ったはなしであるが、何かのたとえであろうか。とすればいったいこの空車は何のたとえであろうか。馬の口をとるこの男と一体になっている空車は、そも何なのか。書きようはリアルだが、何かのたとえとしか思えない。多くの人がさまざまな説をとなえている。それらをここで詳しく紹介することはしない。私（小塩）は、五年前に鷗外が発表した『妄想』と関連づけて私の感ずるところを率直に申し述べよう。

此の実に傍若無人な空車と馬をひく男は一体であって、鷗外の自画像であろう。官を退いて身軽そのものになった身を、荷を積まぬ車にたとえ、大道を悠々と進む姿に自分をうつしているのだ、としか私には思えない。

むろん、重荷をのせていなくても、この地を一歩一歩進んでいかなくてはならない。翼を張って大空を外の世界へと飛ぶ「鷗」（鷗外）ではありえないが、しかし、大地の上でこれだけの大きい存在となっているのだと自らを誇ってもいいだろう。いや、思うに自らの「主」たるものは他にはいない。自らの主は、自分自身なのだ、と思うのではないだろうか。そういった自らの姿を愛をこめて目迎え、見送ることが今こそ可能になったと実感しているのではないか。

無論、『妄想』で述べたように、この地上の生において多くの師に恵まれたが、一人の「主」には逢わなかった。逢えなかった。魂の奥底まで心身をすべてゆだねる存在に恵まれることはなかった。生活の全てを見てくれた愛する母も世を去った（此の年、すなわち大正五年三月）。此の上は、右も左にも目を向けることなく、悠々と自分自身を恃《たの》んで歩み進むしかない。恐らく禅の道もそこに通ずるだろう。かく思い定めれば、身も心もおだやかである。主なるものに逢えなかったおのが魂を嘆くことはないのである。己れ自身が自分の「主」であるのだから。負う荷のなかみは何もない「むなしい」ものであろうとも。

津和野から東京へ　幼き日と青春時代

津和野の幼少年時代

鷗外森林太郎が生まれ、十歳で上京するまでの幼少年時代を過ごした津和野は、島根県南西部の山間地にあり、水のきれいな町である。四方を緑の山々に囲まれた、南北にやや細長い（南北約四キロ、東西二・五キロ）の盆地の小さな城下町で、清冽な津和野川（錦川ともいう）が流れ、町なかの多くの小川や細い堀にかなりの鯉が泳いでいる。江戸時代からたくさんの鯉が放流されてきたのだろう。それでいてこの土地には鯉料理はない。鯉は食用にしない。もともとは、蚊に対する防御用だったという。鮎料理は多い。

町なかのところどころに今でも名産の石州半紙を漉《す》く工房がある。澄んだ水のおかげである。しかしその他にはこれという特産は半紙以外にはないらしい。かつては町なかの家々からも機織《はたおり》の音がしていたという。下級武士の家でも家計を支えるために盛んに機織をしていた。

江戸時代には津和野銀山が有名で、特に十六、十七世紀には大きい産出量を誇ったが、残念ながら幕府の直轄産地で藩財政には無関係だった。幕末には産出がほとんどなくなり使命を終えた。

この津和野の町を中心にして、四万三千石の小藩津和野全体は、鷗外の生まれた幕末、つまり江戸時代の終りの頃は人口八万六千人、そのほとんどは農民で、武士階級の家臣が五四六四人であった。津和野藩は初代藩主の頃から和紙の原料となる楮《こうぞ》の栽培が盛んで、ついには紙づくりの専売制を施いて藩の財政を潤した。そのおかげで、藩財政は表向きは四万三千石だが、実質的には十万石（十五万石とも）に達した時期もあった。また、景観が小京都と呼ばれただけではなく、竹材の集散地でもあった。幕末にかけて全国の中小藩が財政難に苦しんだなかで、津和野藩は全家臣に対して禄米二割や三割借上げなどという財政措置をとらずに済んだ。津和野の人心が温和であった要因はそこにもあった。

津和野藩の東隣りは六万一千石の浜田藩で、合わせて石見《いわみ》の国といった。浜田藩は北の海に面して漁業が盛んだったが、津和野藩は海がなかった。海に面していない、山中の小藩だった。西隣りは長州長門《ながと》、三十七万石、明治になると非常に多くの軍人政治家を生んだ強国であるのに対して、小藩津和野は多くの文人文化人を輩出したが、軍人は軍医の森林太郎ただひとりという国柄だった。藩の鼓吹した教育レベルの高さのおかげであって、明治新政府のトップを占めた神道指導者たちは皆この津和野の教育者たちだった。実に不思議な土地である。

鷗外は少年時代に漢文学に親しみ、一八七二年、十歳で上京した頃には自ら漢詩を作っていたらしく、杜甫の詩も読んでいたと思われるが、その杜甫の詩の中に「鷗外」という言葉を知って、友人とともに自分たちの「号」としたらしい。はっきり使用の跡がわかっているのはドイツ留学時代になってからだが、本書では彼森林太郎が数多く用いた「号」の中で最も愛用したと思われる「鷗外」をもって、その名が世に知られる前からの全生涯についても彼の名を呼ぶこととする。

鷗外森林太郎は文久二年（一八六二）一月、津和野藩主のおそばに仕える典医の家に長男として生まれた。父静男二十七歳（満二十六歳）、母峰子十七歳（満十六歳）。続いて弟二人、妹一人が生まれた。

藩主のそば近くに直接仕える典医とはいえ、禄高五十石であったから家計のゆとりは少なく、母峰子は夫の医業を助けながらよく機織をして家計を支えていた。ここに「医業」というのは、城内での勤めを了えて下城した後は、普通の開業医と同じ、自宅での一般診療施薬を許されており、かごに乗って往診することもあった。

三代前までは禄高八十石だったが、鹿の骨を焼いて作る自家製の胃腸薬に、品不足を補おうとして手伝いの者が牛の骨を混ぜたことを密告され、不正行為として咎めを受け、五十石に減らされており、かつては馬廻組に属していた身分も武士としては最も低い徒士《かち》となっていた。森家にとっては大きな屈辱であったから、長男林太郎は「家」を再興し、家名を挙げる期待をかけられた希望の星だった。

それに鷗外の家は本来「森の本家」であったのに、分家の方が禄高が高くなり、拝領する家屋敷も広くなっていた。これが屈辱でなくて何だろう。家の外に出て終日遊びまわるような子どもであってはならなかった。それだけでなく、さむらいの家に生まれたからには、いつの日にか「切腹」する心構えを怠るなと両親からよくよく教えられて育った(『妄想』)。

　生まれつきの性格もあって少年はたえず本の虫だった。読み書きも幼くしてよく習い覚えた。狭い家の中で、少年林太郎は特に一室を勉強部屋に与えられていた。武士階級においては、孔孟《こうもう》の教えは先生について学ぶが、普通の読み書き手習い（書道）は自宅で親兄弟から習うものだった。

　数《かぞ》え年で五歳つまり満四歳のとき、世に名高い藩校養老館教授の村田久兵衛について論語の素読を学ぶ。江戸時代の教育法では、先生について朗読をし、解釈釈義はしない。これを素読といった。もっとも、もとの中国語ではなく、日本風の漢文読みを繰り返しているうちにおのずと文意はかなり理解されるわけである。膝を折って正座し、姿勢をまっすぐに保って朗々と素読を繰り返しているうちに、わざわざ訳をつけなくても文意がおのずから伝わってくる。

　数え年七歳。藩の儒者米原綱善《まいばらつなえ》のもとにかよって孟子の素読を学ぶ。この米原綱善を鷗外は生涯恩師として尊敬し、よく礼を尽くした。のちにその一人娘は鷗外の十七歳年下の弟潤三郎に嫁した。

続いて藩校養老館にかよって「四書五経」を繰り返し朗読する「復読」を学び、九歳には「五経」をさらに深く学ぶ。成績は抜群によかった。こうして当時全国で普通だったいわゆる「四書五経」を主軸とする漢学を身につけていったが（むろん一般より遥かに年わかくして）、津和野藩の他に類を見ない独特の教育は、自然に深い影響を与えた。

津和野藩の他にはない独特の教育は、藩主以下をあげて本居宣長以来の国学を教育の中心にしたことで、いわゆる「国学」を「本学」と呼び、やがて来る明治政府の中枢の最上位に小藩津和野の藩主ほかがすわり、新政府の政策を宗教的（神道的）にリードする基をつくったのであった。このことは日本近代史において、もっと注目されるべきことである。

少年林太郎も直接間接にこの神道による「本学」に触れていたのも当然である。と同時にこの藩校では蘭学つまりオランダ医学も教えた。異例のことである。もっとも少年林太郎は蘭学を学ぶまでには至っていない。しかしその学風、雰囲気の中に育った。

森家の日常生活においても、もともとは禅宗を家の宗旨としていたのに、その頃宗旨を改め、家の中に新たに神棚を設けたりしている。もっとも鷗外は生涯の折々、とくに晩年には自然のことのように禅寺にかよって提題を聴聞している。これは日本人一般の宗教心から言って、とくに異とするには当たらない。

幼少年時代に教育の面で特記すべきことは、これら「漢学」や「本学」習得は時代的に見てごく自然のことであって（むろん抜群の力でそれらをマスターしたのだが）、それよりも九歳の年から父によって言語としてのオランダ語を学び始めたことである。やがて父静男が藩令によって東京に出たため、十歳で蘭学者室良悦についてオランダ語を学び続けた。オランダ語はヨーロッパ各国語の中でとくにドイツ語に近いゲルマン語の一つであって、この頃から鷗外がオランダ語を学んだことは、医師となる将来への布石であり、そのための当時は必須欠くべからざるものであったドイツ語を身につける力強い基礎となった。

こうして十歳になるまでの少年林太郎はよく学び、幾度か学習における最優秀賞を受けている。何の暗いかげも苦い思い出もなかったと思われる。母峰子は先にも述べたように機織をして家計をおぎなったりしていたが、決して赤貧洗うがごとくであったわけではない。峰子は自ら文字を学びつつ、長男の学習の予習復習を手伝い励ました孟母だった。暗いかげのない父母の家であった。米原家に孟子の素読にかよう一・五キロの道は、犬に吠えられるので往路は母に、復路は近所の悪童どもにいじめられるのが嫌で米原家の人に送ってもらったりした。しかし勉強そのものはたのしかった。時折の盆踊りなどには許しを得てひとりで走って見に行ったりもした。豊かではないが、けっして貧しい家ではなかった。何のくったくもない。幼い日々は輝いていた。

ところが――。

幸わせな幼少年時代を送った生まれ故郷の津和野に、鷗外は生涯一度も帰ったことがない。津和野に一度は帰って下さいと、町長などに強くあつく帰郷訪問を請われたのに、それに従わなかった。いったい何故だろうか。不思議である。

大正十一年（一九二二）七月六日、死に先立つこと三日、最後の遺言に「余ハ石見人森林太郎トシテ死セント欲ス」と言いのこした「石見（の）人」は、津和野を含むのだけれども、端的に津和野ではない。なぜ具体的に生地津和野を言わなかったのだろうか。鷗外の胸の内に何かのこだわりがあったとしか考えられない。それは何だったのだろうか。

父と母と

鷗外の人となりや生涯にとって、母の存在の意味は極めて大きく、父の意味は極めて小さく扱われるのが通例である。しかし父森静男の存在は目だたないけれど実は非常に深く、大きかった。

静男（天保六年―明治二十九年、一八三五―一八九六）は、現在の防府市の大きな庄屋吉次家の五男として生まれ、長じて蘭医学を学ぼうと志し、隣国津和野の典医森白仙のもとに弟子入りをし、その五年後白仙のめがねにかなって一人娘峰子の婿養子となって、森の家名を嗣《つ》いだ。

白仙の土山《つちやま》での脚気衝心《かっけしょうしん》による急逝のあと、典医の地位を受けついだ。文久二年（一八六二）、長男林太郎が生まれる。藩主の命により翌文久三年十一月から二年間、江戸と佐倉で蘭学の研鑽にはげんだ。津和野に戻って地味な医師の道を歩んだ。目立たぬ人柄だったが、鷗外に言わせると、医術において「藩中に肩を並べる人のないほどの技量になった」という。静かで整理好き、鷗外によればどのような小さな事にも「全幅の精神を傾注」して当る人であって、鷗外は軍医となる年、つまり東京帝国大学を卒業して陸軍入りを待ちつつ、父の医業を手伝いながら、このような父の姿に深く尊敬をいだくにいたった。

しかしその前に、幼少年時代の林太郎にとって、父静男は静かな存在であった。孟母・賢母と言われる峰子の陰にかくれているようだが、この父静男の存在の意味は実は非常に大きかったのである。東大の学生時代、青年鷗外は家計の苦労はさほどのことと は感じなかったらしい。しかしある日、五円もする大きな辞典を買ってほしいと無邪気に申し出たところ、父静男が、藩主からいただく月々の給与（十五円）の三分の一じゃよ、と言って財布から五円札を取り出して与えた。何気なく受けとって、鷗外はそののち父の苦労を初めて深く覚えるようになったのだった。改めて有難うとは言わなかったらしいが。

それより先、津和野での幼少の頃のことに戻ろう。

明治元年（一八六八）、少年林太郎五歳の冬、森静男は藩主のお側《そば》ご用人清水格亮《ただすけ》に招かれて、英才のほまれすでに高い林太郎を上京させてはどうかと藩としての意向を伝えられた。名誉なことである。藩主亀井茲藍《これみ》が少年鷗外の秀才ぶりを耳にして、藩のために、東京の西周《あまね》のもとに送ってこれからの教育を受けさせたらいいと思ったものである。明治元年が正しいかどうか、疑わしい点もあるが、藩主自身からの発案であることに間違いがない。

静男はひとまず熟考の時を乞い、しばらくして畏れながら主恩に返上の意向を伝えた。つまりまだ早い、と考えたのである。頑健ではない少年の身心をよく考えて、静男は丁重に辞退したのだった。この子には才能がある。しかし、よき時を得なければその才能を真にのばしてはやれない。父親ならではの慎重適切な判断を下した。

それだけではなかった。明治二年、藩主自らが直《じ》き直きに林太郎の上京を勧めた。人材を育てることしか、小藩津和野の存立の道はないと確信してその道をさぐっていたからである。さらにその明治二年、西周が津和野に一時帰郷し、親族として森静男に林太郎をまかせぬかとすすめたときも、慎重丁寧に、時期を見てと返事している。

この父親としての慎重さは、家名のほまれよりも、少年自身の成長と力をよく見て判断したものと言えよう。もし十代になるよりも前、幼少の身で少年が単身上京していたら、はたして真によき教育を身に受けられたかどうか、疑わしいのであって、父静男の冷静な判断は、すぐ続いて、父自身が少年をつれて上京する決断をするわけであるから、父の「おもんぱかり」の重さを感ずるではないか。少年モーツァルトの父が、四歳の少年の天才を見抜いたのち、全力でその開発に力を尽くしたのと、やや違う局面とはいえ、「父」の存在の重さ、意味を感ぜずにはいられない。

もし幼弱の身で林太郎がひとり上京していたら、江戸藩邸の小姓の一人で終ったかもしれない。また、もしもっとずっと後年の、単身上京であったなら、「私立校が東大になる」期をのがしていたかもしれない。木の実が熟して大地に落ちるような、まさにその期《とき》を父親は身をもって感じとっていたのだろう。

明治五年（一八七二）六月、満十歳の林太郎は父と二人で東京に向かった。母、祖母、弟妹たちは一年後、家財の処分を終えてあとを追って上京する。父と子は三十日の旅の後、ひとまず藩邸に入る。父静男が亀井家の医師として招かれたのである（薄給だった）。徒歩の陸路と瀬戸内海は船旅だったが、この三十日間、父子はどのような会話をしていたのだろうか。

八月、静男は息子を連れて藩邸を出、向島小梅に一軒の家を借りてあとの家族の到来を待つ。息子は十月、かねての好意ある申し出を受けて、西周の家に寄寓する。鷗外の生涯を貫く「精励恪勤」と「上昇出世の意志」は、陸軍大丞西周家で改めて深く意図的に身につけたと思われる。

さて、母峰子の鷗外にとっての意味は、多くの人が口を揃えて言うように、圧倒的な愛と庇護の関係で、それは鷗外の生涯にわたって変わらなかった。まずは勉学への励ましである。もともと読み書きを学ばない当時の娘たちの一人だった峰子は、鷗外が論語や孟子を学び始めるとひそかに教養ある母清子によって仮名から「文字」を学ぶ。一日の家事を了え、機織をおさめたあと、どんなに疲れていても毎夜遅くまで必死になって文字を学んだ。そして林太郎の学びを必ず復習させるようになる。長男を可愛く思うことと、家名を挙げるための猛烈なる意志だった。

鷗外が漢文漢詩にすぐれていたのは、何よりも母峰子のおかげだった。鷗外はその全生涯にわたって、変わることなく母に従い母峰子の意にそぐわぬことは決してしていない一生を送った。そのことが、彼の結婚生活を歪めた、とも言えよう。二度の妻と母との間は、決してよい関係とは言えないものだった。

一九一六年、大正五年に峰子は六十九歳で亡くなったが、当時鷗外が執筆していた史伝『澁江抽斎』の中に記される抽斎の息子の保とその母五百《いお》との美しいエピソードの数々は、実は史実ではなく、すべて鷗外の創作フィクションである。そしてそれは母峰子への追慕の記であったという意味の解釈を、平川祐弘がしている（『鷗外の母と鷗外の文学』平川祐弘）のは、まさに当っていると言えよう。

鷗外は算数、数理はあまり得意ではなかったようである。しかし峰子は経理に明るく、鷗外の再婚後も家計のすべてを峰子が握っていた。日露戦争で鷗外が出征して以後、峰子は生涯の終り（大正五年）近くまで家計のすべてを手離さなかった。山崎國紀編にかかる峰子の『母の日記』は、峰子が師団本部に毎月給与を取りに行き、その中からドイツに、ベルリンの本屋への書籍代前払い金とは別に、私たちには誰宛か不明の毎月八〇円の為替送金をし、戦後帰国したのちもずっと峰子がそれを続けていたことが記されている。二年や三年のことではない。この点を、本書でも後述するが、在ベルリンの六草いちかが鋭くとり上げている。母の日記はそれ以外の日常のことどもについて、鷗外が短い数文字で日記に認《したた》めていることを、詳しく記していて面白い。津和野での少年林太郎と母の姿が彼女の晩年になっても変わっていないのである。

切支丹禁制

孟子の素読を習いにかよった米原家までの道のすぐ先に、藩の罪人取調所という、こわい役所の建物がある。町の西端の乙女峠の禅寺に収容されている切支丹《キリシタン》の者たちの何人かが、ここに引き立てられて来ては、取調べや説諭を受けているのがよく知られていた。異宗取締役藩士の一人は、米原家に養子として入った綱善の実兄の金森一峰で、金森家は森家とは祖母の代からの縁戚であった。

小藩の狭い城下町に一五三人もの異様にたくさんの切支丹囚人が足かけ五年にわたって流刑されてきており、そのうち何人もが折々取調べのため峠の寺から城下の町内に引き立てられてきている。藩内にそのことを知らぬ人はいなかった。

江戸時代の始めから約三百年、切支丹は徹底的に排除されるべき危険極まる異宗である。士農工商の階級差が徹底していた社会で、この異宗排除の高札が告げる御禁制文は階級の差を貫きこえて、いわば日本社会をたてに貫いて一つにまとめる統一原理だった。そしてまた切支丹は恐怖の対象だった。

幼い林太郎は、取調所のそばまでの道をこわごわかよって歩いたことだろう。

日本全国津々浦々と同様、ここ津和野にも墨黒々と記された切支丹禁制の長文高札が高々と掲げられていた。

きりしたん宗門は累年　御禁制たり
自然不審なる者あれば申出べし

「高札」は、梅の木か檜《ひのき》の大きな板に墨黒々と記した禁令を全国各地に掲げ、権威づけるために石垣や土嚢で根元を囲ってあったという。

そもそもキリシタンはポルトガル語であるが、はじめは吉利支丹もしくは切支丹と記したが、将軍綱吉以後は「吉」の字を避けて切支丹と記すようになった。天文十八年(一五四九)、イエズス会士フランシスコ・デ・ザビエルが日本に伝えたキリスト教(カトリック)、またその信徒をさしていう言葉である。豊臣秀吉による「伴天連追放令」、江戸幕府の「禁教令」、「宗門改制」から、明治政府による「邪宗門禁教令」まで続いた。明治六年(一八七三)に表向きの解禁となった。全国の高札を撤去したのである。しかし実体はまだまだ真の解禁には遠くへだたっていたことは後述する。

人智を越えて得体の知れない切支丹という人物・宗門への恐怖感は、江戸時代全期を通して全国津々浦々に徹底的強烈に教えこまれ、全国民統一原理として機能していた。しかし「かくれ切支丹」の多い鎮西西九州の地からは遠い中国山中の津和野藩が、どうして高札以上に、異国渡来の切支丹と直接に関わりを持ったのだろうか。

切支丹の津和野流刑

肥前国浦上村には、江戸から明治期にかけてもかなりの数のキリシタンたちがひそかに信仰を守っていた。それが表面に現れて時の政府による大規模な一斉検挙・弾圧となった事件を「浦上四番崩れ」という。「崩れ」とは政府による一斉検挙のことをいう。

浦上崩れは四回起っており、「一番崩れ」は寛政二年（一七九〇）から起った信徒取調べ、「浦上二番崩れ」は天保十三年（一八四二）、密告によりキリシタンが捕らえられた事件、「浦上三番崩れ」は安政三年（一八五六）、密告により信徒たちが検挙された事件である。慶応三年（一八六七）、浦上村の信徒たちが仏式の葬儀を拒否して「自葬」を主張したことが庄屋によって長崎奉行に届けられたことから信者の存在が明るみに出、七月十四日（六月十三日）、指導的信徒たち六八人が捕らえられた。これが「浦上四番崩れ」の発端である。終ったのは明治六年（一八七三）である。

一八六八年幕府崩壊、明治となる。五月、大坂（のち大阪となる）で御前会議開催。とらえられた信徒の流罪が決まる。指導的立場とされた者たち一一四名が津和野、萩、福山の三藩に流配された。

明治政府は当初はキリシタン厳罰（断首、島流し）を考えていたが、新政府の宗教的権威となった津和野藩主や津和野藩の思想（神道＝本道）家たちが、厳罰でなくて、復古神道思想によって説諭改心させるべきであり、それが可能だと説いたことから、とくに改心しそうもない首謀者たちを津和野藩に預けて、説諭させることになったのである。先ず二十八名の首謀者たちが津和野藩に流配された。

しかし船と陸路で運ばれて来たこの者たちは容易には棄教せず、藩の楽観的見通しはまったく外れた。いったん「転ん」でも、すぐ旧に戻るのだった。

続いて、浦上の全村民三四一四名が流配されることになり、津和野には最初の二十八名に加え、第二次流刑者一二五名が流刑された。現在のＪＲ山口線津和野駅の裏手から、谷あいの小径を徒歩で五分ほどの所にかつての「異教徒御預所」の廃寺光林寺があった。すなわち「乙女峠」である。津和野城址からもゆるやかな尾根続きの所だ。

名古屋から西の十万石以上の二十藩に全村民が分けて流刑されたのだが、一つだけ極めて小さな藩の津和野がそこに加えられたのは悲劇だった。この地で三十六名が流刑中に死亡したとされる。実は虐殺されたのだ。

いったいどういうことだったろうか。

始めは説得が行われた。最初に神主が説諭説得のことに当り、次いで仏教の僧侶、それも駄目で、ついに取調役人がことに当った。説得は吟味になり、それも効果がないとわかると、陰惨な拷問となっていった。

その六名の取調役人の一人に、前述の金森一穂がいたのである。森家の遠縁である。

水責め、雪責め、氷責め、飢餓拷問、火責め、箱詰め、磔《はりつけ》、親の前での子どもの拷問など、旧幕府以上の残忍さだった。

乙女峠の古い禅寺光林寺の前庭に池がある。寒い冬の日に衣服を脱がされた流刑の農民がぶちこまれる。顔をあげて息をつこうとすると棒の先で水中に押しもどされる。いつまでもいつまでもそれを繰り返し、「転ぶ」ことを迫った。これが水責めである。いくらやっても長崎浦上の農民信者は転ばない。死人が出てもいい。役所の側から見れば、その分だけ収容人数が減るではないか。

雪が降り出すと、雪中の庭に坐らせて「転べ」と迫る。しかし、これも効果はなかった。切支丹たちは歯を喰いしばって祈りながら雪の降る中に坐り続けた。そこで氷の張った池の氷を割って身ぐるみはいだ切支丹を氷の池に漬けた。息も絶えだえの切支丹たちは、それでもがくがく震えながら、「転ぶ」とは言わない。

飢餓拷問は文字通り食物を与えない罰。火責めは焚火のそばでじりじりとからだをあぶる。箱詰めは、三尺四方の箱の中に一人一人を押しこめ、上蓋に小さな穴をあけて、水と食物をほんの少しずつさし入れた。磔はまさに十字架刑だった。一本の木の上部にしばりつけておいて高くかかげる。下から棒で叩いて転べと迫る。しかし、彼らは天を仰いで

「マリアさま」と涙を流しながら、「転ぶ」とは言わないのである。取調べの役人たちは、始めは説諭しようとしたが、効果がなく、取調べを続けるうちに次第次第に狂暴な怒りがこみ上げてきて、さまざまな手段で迫り責めたてた。女たちが一番しぶとかった。氷の上にはりつけになった子どもの泣き叫ぶ声に、転びを申し出る男もいた。しかし本心とはとても思えなかった。責め手は暴行を続ければ続けるほど、狂暴さが増していった。

　幕府が崩壊し、明治政府に代っても、拷問は変らないばかりか、さらに満四年もの間、日に日に残忍さを増していった。虐殺者の心理は、ナチ・ドイツの強制収容所でも、旧ソ連のラーゲリでも同じことであったろう。性温和な津和野の教養ある侍でも同じことだった。自信を傷つけられた人間は、怒りとともにこのように変貌してくるものなのだろう。

　これらを僅かながらも聞き知った外国公使たちが新政府に強烈に抗議しただけでなく、外国訪問中の岩倉使節団に米国大統領、英国王、デンマーク国王などが強く抗議し、不平等条約改正もおぼつかないと思い知らされた。しかし国内一般はむろんとくに政府内では、神道を国教とする以上、異国の宗教を排除するのは当然なりとする意見が強く、また一般民衆も長年の「異宗門への恐怖」が強く、明治政府はなかなか禁教解除に踏み切れなかった。やっと明治六年（一八七三）、二月二十四日、政府は高札を取り下げ、五年ぶりに信徒を釈放することとした。配流された者総数三三九四人のうち六六二人が命を落とした。生き残って各地から故郷に帰った信徒たち（すべて農民）の家々は家具も畳も何もかもを奪われ、農具も盗まれてなくなっていたが、政府から与えられた僅少の金子を出し合い、芋の苗を買い、素手で爪から血を流しながら畑をたがやして芋を育てた。そして何年かして必死で貯めた浄財で「浦上天主堂」を再建した。何とその真上に一九四五年八月九日、午前十一時二分、原爆が落とされた。何という悲劇であろうか。

しかも、これをもって慶長十九年（一六一四）以来二五九年ぶりに、世界の表に向いて信教の自由が公認されることになったとされるが、高札の撤去は「目的を果たした故」という名目であっても、政策が誤っていたとは言わないところが、いかにも日本の政府、高級官僚らしい。しかもその後もキリスト教徒に対しては明治十七年（一八八四）まで、キリスト教徒独自の葬祭は許可されなかったのも、切支丹禁制令の解除が実は文明開化へのご体裁に過ぎなかったことをよく示している。

日本人の心の中に、百年たっても、百五十年たってもいまだにキリスト教が入っていかないのも当然かもしれない。切支丹禁制の令が布告されてから、名目上でも解除されるまでに二五九年がたっている。私たち日本人の魂が切支丹・キリスト教に向かって砕かれ開かれるまでには、ひょっとすると最低でもそれと同じ二五九年はかかるのかもしれない――。

現場を全く知らぬ外国公使たちが以上の流刑に対して強く反対抗議し、世界的な話題となっていたのに、津和野の町なかにいた、多感な少年森林太郎がそのことを全く知らなかったということがありうるだろうか。しかも、身内と言ってもいい近い親類の者がその過酷な取調べ役人だったというのに。

つまり、津和野への切支丹配流の事件と足かけ五年にわたる出来事は、少年鷗外、林太郎の心に何らかの暗く大きい、強烈なわだかまりを残したと私は思うのである。鷗外全著作の中に切支丹についてはついにただの一語も触れたところがない。そのことが逆に彼の心のわだかまりを示しているのではあるまいか。津和野は壮絶な切支丹虐殺の町だった。おそらくはそのこともあって、彼は一生津和野に帰らなかったのではないか。

いや、ことによると、小さい時の維新の大変動のなかで苦労し、父母とともに長男として辛い思いもしたことを思い出したくなかったのかもしれない。彼自身、全く一語も語っていないのでわからない。ただ彼は心の中に、触れたくない何か深い傷跡があったらしいと、私には思えてならないのである。

なおもう一つの推測であるが、父森静男は医師として、ひょっとすると虐殺されたキリシタン農民の「検死」をせざるをえなかったのではあるまいか。各地の役人たちは浦上村民を「一匹、二匹」と呼んで扱っていた。津和野でもそうだっただろうか。もし父が検死をさせられていたとしたら、少年林太郎の胸はいたく傷ついただろう。そう思えてならない。それがキリシタン＝キリスト教への、もの言わぬ「わだかまり」とならざるをえなかったであろう。

鷗外の屈折―キリスト教についての沈黙

鷗外は生涯をかけてヨーロッパ文化のよいところをよく学び、人びとに伝えた。科学、医学、文学についてのみならず、絵画や演劇等至らざる分野はなかった。しかしただひとつキリスト教についてだけは、一生沈黙して語っていない。当時のヨーロッパはキリスト教世界なのである。ただ、鷗外の諸作品をよく見ていくと、例えば若き日の『舞姫』冒頭には、ベルリンの古い教会堂に寄せてこう述べているところがある。

（三〇〇年の歴史を経て）今なお堂々たる古い教会を望むごとに
「心の恍惚となりて暫《しば》し佇《たたず》みしこと幾度なるやを知らず」

と記している。作品への美しい導入である。

古ぼけた石造の教会にこれほどひかれるとは、どういうことだろう。ただし、それでいて自分からは一歩その中に入っていくことをしない。いかにも近代日本の知識人の典型であろう。

あるいはまた、彼が訳したこの『ファウスト』の中の天使の歌声はどうだろう。

「キリストはよみがへりたまひぬ。
いたましき、
浄からしめ、鍛ひ練る
業を修し卒へたまへる、
物を愛します主よ。聖にゐませ」
（七六一行）

――と、聖母マリアへの清浄朗々たる賛歌、その訳文『ファウスト』の中にある歌。『ファウスト』の中の復活節の項の訳などや、グレートヒェンのマリアに献げる哀切な祈りの美しさは、よほど深いキリスト教理解がないと、また思いがなければ出来るわけはない。彼鷗外の心の中には、何かの光と影がキリスト教に対してあったと思われる。

いったい何だったろう。

鷗外がキリスト教を全く知らなかった、聖書を手にしたこともなかったという人もあるが、それは間違いである。とくに若い新鮮な感覚をもってドイツに留学して、当時のキリスト教社会に触れないでは済まなかった。軍事、医学、文学、演劇などとの出会いがあり、よくそれらを吸収したが（音楽はそれほどではなかったにしても）、留学生活中にドイツ社会の中にあるキリスト教とは好むと好まざるにかかわらず、幾多の接触出会いを経験した。プロイセンを支えたベルリンのハルナックの神学も肯定的によく研究した（『かのように』）。それが人格形成に到るまでに強い深刻なものではなかったにせよ、マイナスの感情をも含めて彼の受けたものは多面にわたっている。

若き鷗外の精神は、実に柔軟で、多くのことを吸収してやまなかった。マリア像の聖画にも、築後三〇〇年もする、ベルリン旧市街の中の古ぼけた教会堂建築にも、心ゆさぶられる魂の持主だった。それでいてその対象の内容について、徹底的に沈黙し続けたのは、いったい何故だろうか。明治の若者たちは実に軽々とキリスト教に入門し、いとも簡単に脱け出ていった。鷗外にはそのような軽薄さはまったくない。

それらの経験、出会いをいくつか見てみよう。まずはキリスト教と全く関係のない、留学出発のときからを次に思い浮かべてみる。

ドイツ留学

ドイツ留学

明治十七年（一八八四）夏、待ちに待ったドイツ留学の命令を陸軍省から受ける。七月二十八日には皇居に参内して明治天皇の「天顔を拝し」て留学のご挨拶をする。帰国のときも同様である。

一介の若い軍医の留学が、当時は、現在で言えば特命全権大使並みのそれほどに大きな出来事だったのかと驚かされる。この若い陸軍軍医は、ほんの中尉待遇を受けていたに過ぎない。しかし東大を出た陸軍軍医の西洋留学は史上初めてだったし、医学及び陸軍医学の基礎固めの意味は大きかった。

今でいう留学の軽さなのでなく、まさに遣欧使「洋行」だった。

鎖国の厳しかった江戸時代には、その末期のごく少数の例外を除いて、外国留学は全く不可能であった。試みるだけで死刑になった。それが鎖国というものである。江戸末期にごく少数の例外が出てきたが、それも決死の覚悟をもち、国外逃亡のような悲壮な企てであった。

開国が進んだ明治になって初めて留学が行われたわけではない。遥かに古い奈良平安の時代から遥かな文化的先進国に学びに行く、または派遣されることがありえたが、その数は極めて少なかった。そしてお上《かみ》の都合で簡単に中止廃止された。開国に続く明治になって、日本の近代化のために国費による欧米先進諸国への留学制が、むろん成績優秀者に限られた少数とはいえ、公の制度として設けられ、選ばれたとくに医理法系の若い学徒たちにとっては非常な光栄であり、出世の条件、将来の保証となった。ごく少数の富裕階級出身で私費渡航した者もいるが、圧倒的多数は、維新で禄を失った下級武士の優秀な子らだった。恐らく他の先進諸国にはない現象だったろう。

鷗外は医学の最先進国ドイツに留学を熱望して東大を卒業し、迷った末にその可能性を託して陸軍に軍医として入った。留学を許された喜びは実に大きかった。胸をふくらませて旅立ったなどというものではない。大いなる歓喜のうちに家郷を出で立った。

八月二十四日フランス船で横浜を出港し、一ヶ月半を要して十月七日にマルセイユ着、初めてヨーロッパの地を踏んだ。

列車でパリに寄り一泊ののち、十一月十一日、プロイセン・ドイツの首都ベルリンに着く。ついに憧れの地を踏んだ。

ライプツィヒ

約十日間ベルリンで、留学中の手続きや予定の指示を受けたあと、鷗外はドイツ東部ザクセンのライプツィヒに向かった。ザクセンの首都はドレスデン（正式のドイツ語ではドレースデン）であるが、ライプツィヒはそれよりはるかに大きい経済・文化・芸術都市であり、当時のドイツの大学はライプツィヒ、ミュンヒェン、そしてベルリンの三大学が学生数の最も多いところだった。

東大での学業もドイツ人教授によるものが主であったし、語学に熟達していた鷗外に語学上の困難は全くなかった。このことの意味は大きい。現代の独文科生の比ではない。

十月二十六日、ライプツィヒに着いて最初の日曜日、日記にこうある。「けふは日曜日なり。礼拝堂の鐘の声、ひねもす耳に喧し。料理店煙草屋の外は、商店皆戸を閉ぢたり」。――鐘の音はやかましすぎると文句を言う日本人どころかドイツ人が現代もいて、第二次大戦後、騒音だと訴えた人がいる。ドイツ連邦裁判所が「社会生活をおびやかすものではない」として訴えを却下して以来、今現在も毎日の晩鐘と日曜日の朝夕には国中の教会の鐘が鳴っている。鐘がないと「教会」とは認められないのである。ドイツはヨーロッパでは、今でも最も鐘がよく鳴る国である――。

日本の鐘は鐘楼に吊るした鐘を太い撞木で、一つ、二つとゆっくり間をおき、外からついて鳴らす。ドイツ、ヨーロッパの鐘は一個とは限らず、数個の大きい鐘の内部に吊るした「舌」を鐘ごとゆすって力強く鳴らす。結果はいわば鐘の交響楽といっていい。そう言えば鷗外のヨーロッパ文化の受容のうち、音楽だけはそれほどではなかったようだ。むろん鷗外は音痴ではない。ワーグナーとシューベルトの歌を好んだ。

ライプツィヒ大学に学生登録した鷗外は、ホフマン教授のもとでこつこつ衛生学の学業を進め、学生生活を満喫するだけでなく、ドイツ文学の著作を猛然と読む。ライプツィヒの十ヶ月で、約一七〇冊の文学書を求めて読了した。その量と読書の質の高さ濃さは驚くべきものがある。

ベルリンから南へ汽車で約三時間のライプツィヒは、中世以来の活気ある商業都市だが、その中心には長い伝統を誇る大学があり、レクラム文庫を出したレクラム書店ほかの出版社が多かった。さらに、今もゆさゆさと繁る菩提樹にすっぽり囲まれた聖トーマス教会はバッハがカントールをつとめた音楽の砦であり、ゲヴァントハウスを指導指揮したメンデルスゾーンがいたのでもわかるように、文化の香り高い町だった。

鷗外はここライプツィヒに到着して下宿を決めた翌日には、さっそくホフマン教授を訪ねて師事を決めてラボでの研修を始めている。東大に次ぐ二度目の大学生活は実にたのしかった。鷗外の適応力の早さ、確かさを支えたのは、いつにかかって熟達して、何の支障もない語学力だった。学友、軍医仲間、町の人とも広く深く親しくなる。

下宿は市の東北隅に定め、パンとコーヒーの朝食はそこで摂り、昼食と夕食は市内のフォーゲル夫人と娘の店で摂って、一家と親しくなった。夫人の家によく来ていた静かでやや悲しみを帯びたルーツィという若い女性に少しく魅かれる思いを続けた。朝食こみの下宿代は一ヶ月四〇マルク、昼食と夕食代は五〇マルク。これに光熱費、洗濯代など全部合わせても月一〇〇マルクで足りた。後にも述べるが、陸軍から始めに支給された留学給与（奨学金）は月額一〇〇〇円、換算すれば一八〇〇マルク、後には一三〇〇円プラス軍服手入れ代八〇円であったから、観劇や書籍購入なども豊かに支出できた。お金の心配はまったくなかった。ロンドンでお金が足りぬと悲鳴をあげた夏目漱石との違いは大きい。それに留学したときの鷗外は二十二歳、漱石は三十四歳。しかも漱石は妻子を東京に残していた。彼の留学費は私には定かにはわかっていない。私たち日本人はお金のことをこの随想のような場でも語るのは下品とされるようなので、ここで止めよう。ただしあの苦労が小説家漱石をつくったとも言えよう。

ともかく鷗外のドイツ生活はこうして実にスムーズかつ愉快であった。

クリスマスには食堂のフォーゲル家に招かれ、現今の日本のそれとはまるで違う、しみじみとした祝祭を家庭的雰囲気で味わい、次の年もドレスデンからここの家庭クリスマスに来ることを約束して、そしてしっかり守った。ずっと後年の鷗外は毎年家庭で静かでたのしいクリスマスを古き良き意味で「ドイツ的」に祝ったのだった。ドイツでクリスマスに家庭に招き招かれるのは、本当に親しい間柄に限られるのである。

さて鷗外は、昼間は大学でホフマン教授指導のもと、こつこつとよく学び、さらに日本から持ってきた官令課題の『日本兵食論』をまず日本語ではあるが書き上げて、東京の上官石黒軍医監に送付する。夜は始めは手当り次第に、そしてやがては次第に泰西の名作を系統立てて短篇から始めて、大変な勢いで次から次へと読破していく。文学者鷗外誕生の基盤であった。

ライプツィヒの約一年間は、こうして実に快適極まりない留学生活だった。

ドレスデン

明治十八年（一八八五）十月、ライプツィヒを発って同じザクセンの王都ドレスデンに移住する。ザクセンの軍医監ロートの知己を得、稀なほどの親交を深め、ロートのすすめでザクセン軍団の冬期医学講習に参加するためであった。ドレスデンには十月から翌一八八六年三月まで滞在し、真面目に毎日終日の講習に参加するうえ、非常に多くの軍医団に囲まれて知己を得、また王宮を中心とする上流社会に出入りする。王制最後の旧領邦時代の宮廷生活にも深く触れることになる。軍医の特権であるだけでなく、ロートの心配りのおかげだった。普通の留学生にはありえぬ日々を送る。むろん医学講習には前述のように勤勉に参加して多くを学んだ。

この講習はいかにもドイツ的で、毎朝七時半に始まり、夕方六時または七時まで続く。週に三日、すなわち水・金・土曜日の午後は「衛生巡視」といって、市内の軍事及び公共施設の見学視察が組まれている。これが十月始めから（鷗外は本国からの許可が遅れて開始には間に合わなかった）十二月半ばまで、びっちりと行われた。指導者は鷗外を特に招き誘ったロート軍医監である。

「巡視」の一、二を挙げてみよう。十月十七日、ザクセン軍兵器庫。十月十八日、兵器庫中の銃砲の部。十月二十四日、澣衣廠《かんいしょう》、パン製造所。十月二十八日、電気施設。十一月六日、刑務所。十一月十三日、病院、々々……。

そして鷗外以外のドイツ人軍医たちは日曜日には真面目に教会の礼拝（ドレスデンは王家を除いてプロテスタントの町）に出席する。ドイツ的な勤勉さと体力と言わざるを得ない。鷗外は教会出席以外のすべてに真剣につき合って多くを学び、かつ講習要旨を東京の陸軍軍医部に報告している。これまた真面目なことである。

巡視は十二月半ばで終り、クリスマス・イヴの二十四日には一年前の約束を忘れずに、列車に乗ってライプツィヒにフォーゲル家を訪ねる。一家は声を挙げてよろこび、友人たちも加わってたのしい祝会を守った。ドイツ人にとってクリスマスは一年で一番たのしく、うれしい祝祭なのである。常緑の樅の木を室内に飾る習慣は古くからあったが、種々の飾りやモールをつけるのは晋仏戦争の頃からの習慣と言われる。東方教会（ロシア正教会）ではクリスマスを一月六日に行う。

二月二十七日、講習が終了、三等軍医ヘッセルバッハと〝打ち上げ〟として「酒亭」に行くが、この日の日記にこう記している。

「ヘッセルバッハは面上縦横刀痕を残し、性激怒し易き人物なれど、神を信ずることの厚き、妄語を嫌うことの厳なる、大いにとる可き所あり。常に余を呼びて化外人Heideと為す。余の耶蘇宗に転ぜざるを罵る」。

キリスト教徒であるドイツ人の中に、ただひとり異教徒として生活し学び働いているときに、それなりの大きな緊張があったことだろう。多くの人が認めるように、そういった心理的緊張は、カトリックのミュンヒェンにおいて一番強く、プロテスタントの大都会ベルリンで一番少なく、ライプツィヒも同様少なかったろう。ドレスデンは不思議なところで、王家はポーランド王を兼ねることになったときからカトリックに改宗したが、臣下、領民はすべてプロテスタントのままで、信仰上の困難圧迫は鷗外にも感じられなかったろう。

しかしドイツ人同僚ヘッセルバッハが、ことごとに宗教のことを言い、同僚である日本人鷗外を「異教徒」「化外人」と「罵った」という日記の記録は目を引く。「罵る」とはただごとではない。若い鷗外にも腹に据えかねる発言だったろう。心理的圧迫も大きく、宗教問題の記載の極めて少ない日記に、あえて「罵る」と記した心のうちが手にとるようにわかる。

後に述べる地質学者の日本仏教に対する見下した発言に鷗外が憤激した事件も、このことにつながりがある。

さて、明治十九年（一八八六）の一月十九日、鷗外満二十四歳の誕生日である。ドイツ人は誕生日にあたって、その日に誕生日を迎える当人が人を招き、勤務先や友人に贈物をする習慣がある。この日はしかし軍医監ロートが鷗外の誕生日を祝ってやろうとしたが都合が悪く、翌日の二十日にロート家自宅に鷗外と友人たち二十数人を招いて正式の誕生日祝いの宴を設けてくれた。友人たちプラス家族という大人数によくもしてくれたものである。その席で誕生日を祝ってロートが鷗外に贈ったプレゼントの一つがケーニヒの『ドイツ文学史』だった。軍医が、粋で有益なことをしたものである。これは青年鷗外のいわば無秩序で猛烈な文学読書に一つの道しるべを与えるものだった。

ロートの殆ど不思議なほどの友情をあらわす例はまだある。三月七日、ミュンヒェンに向けて旅立つ鷗外のためロートは送別会を催してくれて、席上自作の詩を朗読して涙を流した。鷗外もまた思わず涙をそそいで感激した。

――その夜、ロートからミュンヒェン大学ペッテンコーファー教授宛の紹介状をロート自身から貰って、鷗外は次の町ミュンヒェンへと夜行列車で旅立っていった。

ミュンヒエン

「ミュンヒェンは輝いていた」（トーマス・マン）。

四年にわたる鷗外の留学生活で、この町ほどたのしい所はなかった。

第一に、よき師に逢うことを得た。

第二に、たのしい友人に恵まれた。

そして第三に、土地柄が明るかった。

鷗外がドレスデンから夜行列車でミュンヒェンに着いた時、町はカーニヴァルの終る最高潮のローゼン・モーンタークだった。仮装した市民たちが踊り歌っていた。宿に荷を置いて鷗外はすぐ町に出て、路上でともにたのしんだ。

翌日、バイエルン王国陸軍、医学関係の官庁、大学関係に到着の挨拶と届出を行い、衛生学の泰斗ペッテンコーファー教授を自宅に訪問し、あたたかく迎えられ、師事を許される。教授はすでに六十歳を越え、白髪だがすこぶる元気で、上下水道の完備を説いて、ひところ悪疫の流行ったミュンヒェン市をドイツ一清潔な都市に発展させた人であった。

この町は北に向かって極めてゆるやかに傾斜する砂礫層の上に出来た、中世以来岩塩の収集取引の町として発展してきており、ビールの町としても知られる。十八世紀以来、美術の町としても知られる。住む人々が今でもやや南方的に明るい。美術関係者だけでなく、ドイツの作家たちもこの町に住むことを好んだ。大学にも、そしてこの教授にもそういった土地柄が現われていたようである。

教授は豪快に明るい。鷗外はさっそくビールの利尿作用や、小麦に混じる毒麦の研究を始める。ひょっとするとビールの研究は土地柄すでに済んでいたのかもしれぬが、ペッテンコーファー教授は、若い講師をつけてくれて、検査研究を進めさせ、学会誌への発表のあと押しもしてくれた。それだけではない、ドレスデン以来鷗外が文書で発表したいと願ってきた、ナウマンの日本観への反駁論文を有力新聞に掲載する労をとってくれた。

この町で少なくとも四人の優れた日本人留学生仲間と知り合い、毎日のように昼には食事をともにし、そのあと少なくとも一時間は談笑を重ね、一生の友人を得た。ともどもに南郊のシュタルンベルク湖（ウルム湖とも）に遊ぶことを繰り返した。ワーグナー好みでバイエルンの狂王といわれたルートヴィヒⅡ世の、侍医ともどもの溺死事件を知ったのもこの土地であり、帰朝後の小説『うたかたの記』の主要テーマとなった。鷗外はよほどこの氷河期に出来た、ミュンヒェンから約二十キロ西南の大きな、しかも美しい湖が気に入ったのだろう、何度となく出かけ、休みの時には湖畔の宿に何日も滞在したりしている。

そして彼の読書。それは量的にだけでなく、質的にも深みを増し、レッシングはもとより、ゲーテの大きくて重い全集を深く読みこむうえ、文学史や文学理論、批評に関する書物も大変なスピードと熱意をもって次々と読みこんでいった。

劇場にもかよって幾つもの演劇作品にも触れる。青少年の頃から彼は芝居好きだった。こうして一年一ヶ月のミュンヒェンは、ドレスデンとはまた違って意味深くたのしい留学生活であった。

ベルリン―留学最後の一年

世界の国々の首都の中で、ドイツのベルリンほど悲劇的な歴史を経た都市はない。そしてその度にこれほどみごとな復興を遂げたところもない。この町の歴史は、ドイツの歴史そのものと言っていいだろう。鷗外にとってベルリンはドイツの象徴だと言ってもいい。

『妄想』の始めに、若い留学生としていきいきとあらゆるものを吸収したあの頃、「自分は伯林にゐた」と記している。作品中にあるような読書体験や思索をしたのは、実はベルリンではなく、それより前の他の町でのことであったのに、「ドイツ」と言おうとすると、その象徴として「ベルリン」と言ってしまうのだろう。正しくは「ベルリーン」という。作品『舞姫』の中で、人物の名はすべて微妙に手を加えて変えてあるが、ベルリンの区域や通りの名、古い教会の名称はすべてありのままを記しているので、読者は地図を読むような思いにさせられる。実に正確である。鷗外自身にとって、ありのままがなつかしさに耐えぬ思い出だったのだろう。

明治二十年（一八八七）四月、二十五歳の鷗外はミュンヒェンを離れ、留学最後の地ベルリンに向かった。それまでの自由でのびのびした学生生活は終り、多くの日本人の群のただ中で、軍医としてより役所の意向にしばられ指示されて最後の一年余を送ることになった。わき立つような青春のよろこびは消え、思いは少しずつ暗くなっていった。邦人が集る「大和会」で、前には意気軒昂たる若手軍人のホープとして叱咤激励した鷗外が、石黒軍医監と自分のために開いてくれた送別会では、見る影もなく打ちのめされた形で「謝る」姿を見せた。およそ考えられないことだった。何を謝ったのか。自分の傲慢を詫びたのである。とても若い森林太郎とは思えない姿だった。

ミュンヒェンからベルリンにやって来た当初は、まだ意気揚々としていた。北里柴三郎の案内と助けをかりて、多忙を極める世界のトップ細菌学者ローベルト・コッホを訪ね、その試験所に入って師事することを許される。与えられた課題は前述のように下水道の中の細菌の追求だったが、めげずによく研究を進めていった。科学的つまりエクサクトな医学研究の道を歩くよろこびがあった。

しかし日々の生活環境は、「ドイツ人らしいドイツ人」との交流はほとんどなく、研究所を一歩出れば実に日本的な日本人社会が待ちかまえている。クリスマスになっても、家庭の祝いに招いてくれるドイツの知人友人はない。今まで三年間の古き良きドイツ的「ゲミュートリヒ」な雰囲気はもはやどこにもなくなってしまった。日本人の意向を絶えず気にしていなくてはならぬ。

そして何と七月には陸軍軍医部の上司、石黒軍医監がドイツはベルリンへと長期の予定で（一年！）出張してくる。一言のドイツ語も出来ぬ、しかし強力な「大物」である。もう一人の東大からの同級の谷口軍医と二人で、公務からまったくの私的生活までお手伝いをするのだ。この人に鷗外の一生はにぎられ続けていく。カールスルーエでの萬国国際赤十字会議に日本代表として出席する石黒の通訳官として、素晴らしい仕事をして感謝されるが、ベルリンに戻ってもお世話は続けなければならない。石黒は森林太郎の才を高く買っていた。しかしその意気高い生き方にたえず僅かに不安を抱いていたようである。

三年の留学を一年延長して貰いたいという願いは東京から許された。ところが思いもしない学生・学究生活ではなく、実際の軍隊附属医としての実務も数ヶ月してこいという命令が届けられた。反抗反対など、軍隊では出来るわけはない。心中、猛烈な怒りがこみ上げたが、仕方がないではないか。コッホ研究所をやめ、石黒とともにプロイセン近衛師団本部に出かけていって、隊附勤務の許可を貰う。三月から七月二日までドイツの兵士たちを午前も午後も土曜も日曜日も聴診器をもって診察、治療し生活の指示を与える。本物の軍医体験だった。患者数三〇〇人を超えた。

七月二日に軍の隊附執務を終り、三日と四日には帰国手続と挨拶廻りを済ませ、七月五日、石黒とともにベルリンを発ち、帰国の途についた。この間、日記等の記録には一句一行の跡もないが、『舞姫』のヒロインであるエリスのもとのエリーゼ・ヴィーゲルトと親しくなっていた。それは誰にも言えぬ、しかし人生最初の深いよろこびだった。けれども、この関係をいかにすべきかを、正視し、良き途を整えることは、二十五歳の鷗外にはまるで出来なかった。人生最初の悲劇が彼とエリーゼを東京で待っていることになる。

ベルリンでの最後の一年は、こうして未熟な憂愁の思いに蔽われたものとなった。菩提《リン》樹《デ》の繁るウンター・デン・リンデンの並木道をたのしくエリーゼと歩いた青春は、やがて永劫に終ることになる。青春は終った。

ナウマン論争の始まり

話は少しもとに戻る。ドレスデンでのこと。単純なヨーロッパ優越感によるヘッセルバッハの改宗押しつけに、鷗外は非常な不快感を覚えた。

三月六日、ドレスデンの「地学協会」の年会に招かれ、日本で十年間地質研究を行い、ナウマン象で知られるエドムント・ナウマンの講演を聞いた。

ナウマンは日本人がヨーロッパ人に劣っていると述べ、最後に、日本人はヨーロッパから「外輪船」を求めて海外に出航したが、母港（横浜）に近づくと、停船の技術を知らなかったため近海をいつまでも逍遥して、機関が自ら停まるのを待った、と述べた。さらにナウマン博士は、仏教は「女子に心なし」と説いていると述べた。聴いていた鷗外は論駁の機がなくて歯がみしたが、許しをえて会後の食卓で立ち上がり「女人成仏の例多し」と述べ、「仏教徒として」上品に論駁を加え満場の拍手を浴びた。いわゆる「ナウマン論争」の始まりである。

十年も日本にいて、東大地質学教室の初期をつくり、多くの地質学上の業績を挙げたナウマンが、もう少しの勤務継続を断ち切られたことへの不満か、もともとの人柄のせいか、ずいぶん思い切った失礼を語って若き鷗外の憤激をかったものだ。いわゆる先進国人は、「低開発国（後進国）」に対してこのような言辞を弄し易いものである。相手を傷つけているとは思わずに犯していることもある。

さてこのドレスデンで、手短に言うと、こんなこともあった。

美術館で鷗外は、かねてから観たいと心につよく思っていたラファエロの聖母マリア像を観て、深くよろこぶ。どうして聖母マリアだったのだろう。また郊外の丘辺で何気なく石碑に何かの文字が刻まれているのを見て、普通ならこれらはラテンの銘句であろうが、すぐにこれは「聖句だ」とわかった。「聖句」とはキリスト教の聖書の文言引用句のことである。異国の軍医であるのに彼にはそれがすぐわかったのだ。当然「聖句」「聖書」のかなりの予備知識があったのだ。

鷗外文庫の漢訳聖書

鷗外は大正十一年（一九二二）に没したが、生前多くの蔵書を親しい人々にわけ与えたという。それでものこった一万九千冊近くの蔵書を遺族が東京大学図書館に寄贈し、それが鷗外文庫として整理保存されている。多くの書に鷗外の書き入れがあり、下線などが施されており、彼のドイツ留学以来の読書体験が詳しくわかる、貴重な資料である。

さて、翻訳を含めた全著作の中で、のちの鷗外は「神」という語をできるだけ避けて、必要なときには「主」を用いたと私には思われる。それは、明治初年の聖書翻訳の際、委員たちが非常に安易にゴッドの訳語に「神」を用いたことの「軽さ」を知っていたからか、あるいは和文聖書訳の基になった中国語訳の漢訳聖書が、「天帝」「天主」等の表記を用いて「神」なる語を極めて少なくしか用いていないことを知っていたせいか。

鷗外は漢訳聖書を精読していたと思われる。私はそこで東京大学図書館の鷗外文庫に漢訳聖書閲覧を申し入れたが、個人には開示しないということなので、中央大学図書館を通して漢訳聖書閲覧乃至情報提供を依頼した。

するとその返事に「たしかに漢訳聖書は［新旧約全書］として二冊あったのだが、現在は亡失」と返事が来た。図書館用語の「亡失」とは、「行方不明」の意である由。私は全く呆然とした。いったい何時ごろから行方不明になったのか。まだなくならない前の二冊は、南京版か上海版であったのかどうかなど、いっさいは不明である。残念至極である。漢訳聖書の他に、鷗外文庫には聖書はなお和訳一冊、ドイツ語訳一冊、英訳が一冊現存するが、鷗外は何よりも漢訳をよく読みこんでいたらしい。いったい何時、誰が持ち出したのだろうか。いったい誰がどのようにして、何のために東大から盗んだのだろうか。いくら調べてもらってもわからないでいる。残念である。

幼い日に林太郎は津和野で孔孟の教えをはじめ、多くの漢書を素読、復読し、そらんじ、そのため徹底して予習復習をして林太郎の学習を励まし支えた母峰子のことを思うし、上京してのち学生時代には本式に漢文の先生について学んだ。どのように彼は漢訳聖書を読んだのだろうか。

現在は「旧新約聖書」というのが普通だが、当時は「新旧約全書」といった。漢訳二冊を読み比べながら、鷗外は聖書をどのように読んだのだろうか。いつどこで手に入れたのだろうか。

若い学生時代に鷗外は今の文京区か神田のキリスト教会を訪ねたことがあったらしい。しかし若い牧師の説教の軽薄さにあきれて、二度と足を踏み入れなかったらしい。惜しいことをした。例えば植村正久のような真摯で学識高い牧師に出会っていたなら、と思わずにはいられない。もしそれがありえたなら、彼鷗外のキリスト教理解はかなり違ったものになっていただろう。

ついでながら、内村鑑三、植村正久、新渡戸稲造といった近代日本の数は少ないが優れたキリスト者たちは、いずれも維新で禄を失った下級武士の家の出身である。それはともかくもう少し深く考えれば、「聖」なるもの、地上の私たちの生命と営為を超え、時間を超える永遠なるもの、その存在を信ずること――、つまり宗教的な信仰を確信するということ、これは私たち日本人には縁遠いことであり、不可能なことなのであろう。

むしろ私たちは江戸時代も明治時代も、そして二十一世紀の現代にあっても、「聖」なるものではなく、むしろ「生」あるものすべてに深く存在する生命ある万物の普遍的なものに思いを致すのであろう。森鷗外もこのような日本的東洋的魂の持主であったと思うのである。つまり、熱心だが小さい信者仲間の集団的な行動に加わるのではなく、天地を貫く生命の不思議に身をゆだねる、一言でいえば東洋的日本的な心のあり方を生涯持っていたのだと、私は思う。単純に東洋的ではないのだが。

キリスト教の表面的な美的感動ではなく、時間を超越する聖なるものへの帰依に近づくことは、彼鷗外には考えもつかないことであったろう。むしろ正反対のあり方を彼の魂は持ち続けていたと、私には思われる。

寛容

留学生森鷗外が熟読し、舞台での上演も深い理解をもって観た作品のひとつに、ゲーテ、シラーのすぐ前の啓蒙主義作家レッシングの『賢者ナータン』がある。内容は改めて述べるまでもないだろう。キリスト教とユダヤ教、イスラムの平和的相互寛容を作品化したもので、鷗外は深い共感をもって読みかつ観劇した。鷗外はつまり生涯を通して宗教的に寛容を是としたと言えよう。

瑣末なことかもしれぬが、鷗外はのちに娘二人（茉莉《まり》と小堀杏奴《あんぬ》）をフランス系キリスト教（カトリック）の学校に入れ、のちに洗礼を受けさせる心がまえをした。末の男の子はプロテスタントの教会の日曜学校に通わせた。

そして年末十二月二十五日には自宅で家族一同クリスマスを祝っていた。二十一世紀日本の商業主義に乗った（乗せられた）クリスマスではなかった。静かなドイツ家庭でのクリスマスを思い出していたのだろう。宗派としてのキリスト教に拒否反応や切支丹嫌悪があったわけではない。ただ高級官僚という身分上、神道的社会生活に生き、内心は禅に向かっていたのであろう。一般社会の生活については、葬儀、婚礼などの祭儀について、神式、仏式、基督教式を同等に認め容認していた。冷静であった。それは彼の知的優越感から来ていたのだろう。

ただし、彼の孤独な魂の内面はいかなるものであったか。本書は出来る限りにおいて、作品に関連して申し述べようと考えた次第である。

翻訳について

ごく一般的に言って、小説や詩や随筆の著作にすぐれた人が、外国語から自国語への翻訳にすぐれているとは限らない。そしてまた、うまい翻訳をする人が必ずしも人の心を打つ自国語の文章を書くとは限らない。どちらかの方向に優れている人は多いが、両方向同時はなかなか難しい。（本稿は「まえがき」、「あとがき」と少し重複するところがある。）

むろん例外的な場合はありうるが、ある人がその全生涯にわたって変ることなく、自分自身の母国語での発語表現と異国の言語からの翻訳との両方向の業《わざ》を両立させることは、例えばオランダ語とドイツ語のようなゲルマン語同士の間や、北欧諸国語間の場合やフランス語とイタリア語のようなラテン系語の場合は別として、印欧諸語と私たちの日本語の間では語学的に難しいだけでなく、表現の可能性そのものからしてなかなかに難しい。

ところが鷗外という人は、自分自身の文学上の発語・表現と外国語から日本語への翻訳とをただ正確に両立させただけでなく、その両者両方向において、その時代のもっとも高いレベルを保持し、磨くという偉業をなしとげた人であった。

鷗外の文業の生涯最初の実りは、幾篇かの仮名・偽名の新聞投書と言う積りはない。そうではなくて、陸軍における衛生論の訳出だった。軍医として勤めた最初の任務が兵制と衛生の調達研究だった。その場合の外国語能力と表現力を認められてドイツ留学という夢を実現した。留学から帰国した後も衛生論の訳は続いた。軍隊を動かすにあたって軍装備はもとより、その兵食も基幹的重要事項だが、一杯の水を与えることから始まる衛生も基本的条件づくりである。気候温暖な日本の中だけに留まっていれば問題は少ないが、異郷の地に兵を進めるときの衛生は、ただの「論」だけではおさまらない。一般市民も巻きこんだ広範で深刻な課題である。この点、軍備についてと同様、明治初期の日本は先進諸国から学ぶことが多かった。いや、全面的に必須だった。

さらに衛生論を進めて、鷗外が手にしたのはクラウゼヴィッツの戦争論の翻訳だった。近代戦の非常に重要な指針を与える書ではあるが、何しろ語彙が難解だった。陸軍の軍人には読みこなせないドイツ語の『戦争論』。これを鷗外は何ということもなく読み下し、読みくだいて、責任ある軍人たちに、ベルリンでも東京でも小倉でも解読してやってうまなかった。

鷗外の鷗外らしい翻訳の世界は、さらに純文学のほかに美術、政治学、箴言がある。そして余り知られていないが、明治天皇の勅語を作成している。天皇の意のあるところを察し、大御心をおもんぱかって通常語と全く違う勅語の文体に訳出している。余人のなしうるところではない。これは純粋の翻訳とは言えぬかもしれないが、ただの代作でもない。戦時中、敵性ヤソの非国民と罵られ続け、痛めつけられた私ではあるが、何故か明治・大正両天皇の勅語を目にする折がしばしばあり、鷗外によって作られた勅語には、簡潔で一種の〝美〟を感ずるから不思議だ。

箴言の翻訳は右に取り上げた種々の翻訳の一つと考えることにして、純文学の訳業を見てみよう。その厖大なことには驚くほかはない。それらのどの一つも、ただ右のものを左に置き換え、ドイツ語を日本語に移し換えた機械的作業ではない。作品ごとに、語彙、文体を微妙に変え、テーマに合わせて一作ごとにそれぞれ目に見えぬ巧《たくみ》を凝らし、語調をさらりと変えてわかり易く仕上げた作品数が一一二五篇（山崎國紀による）、うち五九篇が劇作品つまり戯曲である。さらにその他に詩がある。それまでの日本では詩と言えば漢詩だった。漢詩は和歌や俳句とも区別されて上位にあった。鷗外はそれらを大事にしながらも上田敏とともに翻訳文体を用いて、新しいことばをつくって、わかり易い現代日本語の詩をつくって明治の日本に贈った。新体詩といったものがその一つである。

こうしてみると鷗外の翻訳における純文学分野は、小説、戯曲、詩の三大ジャンルにわたっていることがわかる。

鷗外の訳したアンデルセン原作の『即興詩人』は現代の私たちにはやや縁遠くなってしまっているが、ゲーテの『ファウスト』は鷗外の訳業の最高作として私たちの心を今もむずとつかんでやまない。それも役所での、昼食後の僅かな休み時間と、夜の帰宅後のしばらくの時を訳業にあてて、実質約半年で一部二部全巻を訳し了えている。鷗外以後、何人もの独文学者が自己の存在のしるしとばかりに『ファウスト』の訳を出しているが、森鷗外の訳にかなうものは、今にいたるまでなかなか見当らない。うまい訳はある。しかし、ことばの生きていることが難しいのだ。

『ファウスト』からの文例として、イースターの朝の散歩の折の言葉を本書のまえがきに引用したが、さて、それに関連して一言申せば、翻訳というものについて鷗外はこう言っている。

「作者が此場合に此意味を日本語で言ふとしたら、どう言ふだらうかと思って見て、その時心に浮かび口に上った侭を書くに過ぎない。その日本語でかう言ふだらうと言ふ推測は、無論私の知識、私の材能に限られてゐるから、当るかはづれるか分からない。併し私に取ってはこの外に策の出すべきものが無いのである。それだから私の訳文はその場合の殆ど必然なる結果として生じて来たものである」（『訳本ファウストに就いて』）。

原作者がドイツ語なり英仏露その他の諸言語ではなく、他でもないまさに今現在の日本語で、この作品のこの場面で、この意味で言うとしたら、どう言うだろうかと考えるというこの一語が、何気ないようでいて実はとても意味深い。訳語が深いところからいわば必然として生きてくるのだと私は思う。
さらにもう一例を挙げよう。
悲劇（鷗外は悲壮劇と訳している）『ファウスト』冒頭の、狭いゴシック風のうす暗い中世的な研究室で、ファウスト博士が独白を始める。

はてさて、己は哲学も
法学も医学も
あらずもがなの神学も
熱心に勉強して、底の底まで研究した。
（三五七行）

ここに言う「あらずもがなの（神学）」のもとのことばは、副詞的で「残念ながら」、「あいにく」であるのを鷗外が形容詞的に意訳したもので、ぐんと言葉が生きて面白くなっている。中世から近世を経て第二次大戦後のつい先頃まで、ドイツの大学では設置規準は神学部が一番早く（古く）、大学の公式行事があるとまず先頭を切るのは神学部の教授団だった。その威張っている神学部を「あらずもがなの」と片付けてしまう。このことば選びはうまい。いや大変な冒険であり、神学いや大学制度への冒瀆であるかもしれない。

鷗外がドイツ語をよく学び、使えたことはよく知られている。しかし辞書を一冊丸々覚えていたとしても、「あらずもがなの」と舞台で言ってのける呼吸は生まれてこない。どこから来たのだろう。私たちはそこで思い出す。『ヰタ・セクスアリス』中の大学医学部本科一年生、十六歳の主人公金井君が、寄宿舎で生活していた時のこと。それまでに親友となっていた古賀*や児島と連れだって、毎晩のように寄席に出かけていた。一頃は悪い癖がついて、寄席に行かないと寐つかれないようになったこともある。講談、講釈を聞く。それに厭きて落語を聞く。テンポの早い江戸弁のべらんめえ調の落語である。それにもあきて女義太夫を聞く。講談、落語、女義太夫と続けて、歯切れのいい、テンポの速く、音程の高い江戸っ子弁をたのしみ、言葉の妙に感じ入り、毎日毎晩かかさずたのしむ。はねてからはソバ屋に繰りこみ、一気にソバをしゅるっとやる。たのしい毎晩だった。それでこそ、「残念なことで（ございま）すが」と、もってまわったクソ丁寧なことばを吹きとばして、何と「あらずもがなの」と来らあな、であった。（＊　本名は賀古）

明治・大正期の文人の多くは、落語を聞いて日本語のたのしさを学んだと言われる。鷗外もまたしかりであった。関西の上方落語もたのしい。

さて、もう四十年も前のこと。まだベルリンの「壁」が傲然とあり、そばに寄るごとに全身に緊張が走るのを覚えた。青年森林太郎の好んだウンター・デン・リンデンの、戦火に焼かれたあとに苗木を植えたリンデ（菩提樹）の並木がようやく育ち、繁り始めていた。ある夕方、依頼されて西ベルリンのある講堂で日本文化の現状について話をした。たくさんの人が集って下さった。プラスの面とマイナスの面を率直に話した。その中で私自身が公務とは別に、夜ごとにトーマス・マンの『ヨセフとその兄弟』四部作を邦訳している最中だと話した。ドイツ人もみな認めるように、面白いけれど困難な仕事だった。日本独特の原稿用紙で二万枚をもうすぐ仕上げるところだった。旧約聖書の物語だからヘブル語も学びなおし、さらにカール・バルトやパウル・ティリッヒの神学著作集も読んで、「あらずもがなの」神学も学び直しているところだ、と話した。その頃はまだ神学（部）の権威は高かった。

会が終り、ドイツ人特有の盛んな質疑応答がたのしく終って散会となったとき、黒服に白カラーのよく肥った中年の紳士が顔を真っ赤にして詰め寄ってきた。

「私は聖職者であるが、あなたはあらずもがなの神学も、と仰言った。いったい何事であるか。ドイツの大学ではご存じと思うが、順序から言ってどこでも神学のファカルティーが第一位の学部である。それくらいは先刻ご承知だろう。それを『あらずもがな』とは何事であるか、失礼ではないか」と、詰め寄ってきたのである。

頭から湯気が立ちそうにいきり立っている紳士をなだめて私は、かのゲーテの『ファウスト』第一部冒頭のファウストの独白を（その紳士が知らないと言うので）大きい声で何行も朗唱して聞かせ、「ね、ゲーテが面白く使ったことばですよ。大学生はむろん世界中の子どもが知っている言いまわしでしょう。Leider auch Theologie.［ライダー アオホ テオロギー］。〝あらずもがなの神学までも〟ってね」と言ってやると、ンと詰まったまま、ぐるりと向きを変えて立ち去っていった。近くにいた別のベルリンっ子らしい紳士が「教養の欠如［ビルドゥングス リュッケ］って奴さ」と肩をすぼめて笑った。ゲーテを知らぬドイツの知識人が増えてきていた。そんなことを今にしてなつかしく思い出す。

もう一個所、小さな例を挙げよう。

先のファウストの独白の前に「天上の序曲」という一場面がある。鷗外訳では「天上の序言」と訳している。三人の大天使が登場して主なる神をほめたたえる。荘厳な序曲の後、天使たちは退場。悪魔メフィストーフェレスが登場して、いきなり「主」に話しかける。

「いや、檀那！」

いかにも伝法な、歯切れのいい呼び掛けをして、ファウストを誘惑してごらんにいれる、と語りはじめる。旧約聖書『ヨブ記』そのままの援用である。そのとき、原語の「主よ」Herr!を「ご主人」でも、むろん「神さま」でもない、伝法な「旦那」として、声をかける。いかにもいなせなあんちゃん、といった風情だが、この訳語が実にぴたりと役に合っている。これも、言うまでもない、鷗外十代の東大生時代の寄席通いでよくよく耳にしたことばだったのだろう。その語調までつたわってくるではないか。たった一語の呼びかけだが、これが全ドラマに心地よい緊張の弦をまず打ちならす。

これだ、これだ、と私は手を打ちたくなる。この呼びかけの「いや（檀那）」がいい。「やあ」でも「もしもし」でもない。江戸っ子が下町弁で話し始めるとき、ひょいと「いや」というのだ。否定の「いや」ではない。こちらの話しにひきつけて始めることば、一種の感動詞である。鷗外、よく覚えていたものだ。江戸（東京）下町以外では日常は余り使わないだろう、いや、実は狂言では使われる「呼びかけ語」である。

鷗外は一度聞けば覚えてしまう人だったのだろう。実に多くを学び覚え、自らのものとして使える天才だった。

鷗外のドイツ留学は、主目的たる陸軍衛生制確立に大いに資した。その上、翻訳を含む西洋文化の日本への紹介をよく成した。

だが最晩年の大正十一年三月十四日、欧州に旅立つ長男於菟《おと》と長女茉莉を東京駅に見送った時、「もう一度欧羅巴へ行きたい」と、茉莉に何度も言ったという。彼のその熱い「望郷」の思いの実現を、彼の健康はもう許さなかった。

結核

死に至る病

鷗外は大正十一年（一九二二）七月九日、六十歳で亡くなった。死に至った病気は萎縮腎と発表された。祖父も父静男も弟潤三郎も、同じ病気で亡くなっている。腎臓の機能が腎盂《う》炎などで次第に萎縮し、固くなって機能しなくなり、尿毒症を併発する病気とされる。鷗外自身も、最期の病として晩年この病名を挙げていた。

それ以外には鷗外の死に至る病はなく、頑健とは言えないが生涯ともかく健康だったとされていた。事実、超人的な仕事の量をこなし、医学と文学の両面で大きな足跡をのこした姿は、ともかく常人以上に健康だったと思われた。病気をよくしていたといわれる漱石とは違っている。漱石より十年長生きをした。

ところが、昭和三十年（一九五五）、鷗外の三十三回忌に、長男森於菟がラジオの記念講演で、鷗外の死因には萎縮腎だけでなく、そのほかに肺結核があったと公表した。その情報は、鷗外の最期を看とった内科医、額田晋医師によった。

「私（於菟）が東邦大学の教授になった年、夏休みの休暇前と思うが」と始め、『いつか君にいって置こうと思っていたのだが』と前置きして額田君は話し出した。『鷗外さんはすべての医者に自分の身体も体液も見せなかった。ぼくにだけ許したので、その尿には相当に進んだ萎縮腎が歴然とあったが、それより驚いたのは喀痰《かくたん》で、顕微鏡で調べると結核菌がいっぱい、まるで純粋培養を見るようであった。鷗外さんはそのとき、これで君に皆《ママ》わかったと思うがこのことだけは人に言ってくれるな、子供もまだ小さいからと頼まれた。それで二つある病気の中で腎臓の方を主として診断書を書いたので、真実を知ったのはぼくと賀古翁、それに鷗外さんの妹婿の小金井良精博士だけと思う。もっとも奥さんに平常のことをきいたとき、よほど前から痰を吐いた紙を集めて、鷗外さんは自分で庭の隅へ行って焼いていたと言われたから、奥さんは察していたかも知れない』と。

肺結核は、多くの若者の生命を奪った死病だった。ストレプトマイシンもパスもなかった時代、肺結核の治療には安静と栄養しかなかった。戦時中に中学生だった私の周囲でも、多くの若者が病み、死んだ。生きのびた人も、老年になってから、特に肺の空洞に大量に残った結核菌が活性化して、菌を大量にまき散らすに至る。本人も周囲もそのことに気づかぬままのことが多く、数多くの悲劇を生んだ。鷗外の一生はどうだったのか。
なお、萎縮腎の原因も結核の場合が多いと思われる。専門医ではない私には断言できないが。鷗外の場合もそうだったかもしれない。

肺結核

鷗外の肺の病の始まりは、まだ若い東京帝国大学医学部卒業の半年前、肋膜炎（胸膜炎）に罹ったことである。卒業試験を間近に控えて、両親は非常に心配した。明治十四年（一八八一）、鷗外十九歳である。通学の便のため、東大医学部前、竜岡町にある上条という下宿屋に一室を借りて寐起きし通学していた。滲出性で水が溜まったというから、当時は太い注射器で溜まった水を吸い出したりしたのかもしれぬが、どのような病状であったかはわからない。発熱の記録もない。肋膜炎は安静を守れば一般に三ヶ月程度で治るとされる。鷗外の両親と祖母は栄養価の高い食事を運んでは回復につとめさせた。

しかし、これが実は肺結核の始まりだったのだ。レントゲン写真もまだ無い当時の治療医学では、肺の病状の正確な把握はできず、肋膜炎は自然に収まったが、鷗外の肺には肺結核がしぶとくのこって、一生の闘いとなったと思われる。これを鷗外一生の語られざる悲劇の始まりと言っていいだろう。多くの医師の証言がある。（河村敬吉『若き鷗外の悩み』ほか）

もともと鷗外は子どものころから、元気一杯にかけまわる方ではなかった。臆病で犬や近所の子どものいじめをこわがる子だった。顔色もどちらかといえば黄色くて、強健な若者にはならなかった。「武士の子」として育てられたが、武術剣道や運動に励んだという記録はない。恐らく剣道や柔術などは身につけなかっただろう。むしろ生涯「本の虫」だった。

しかし東大生でありながら「坊ちゃん」と呼ばれつつ、明治十四年（一八八一）七月最若年（十九歳）で東大医学部を卒業し、半年後に陸軍軍医となる。その二年後熱望どおりドイツ留学の栄誉をかちとった青年鷗外は、とくに頑健ではないにしても、体重五十五キロ、身長一六一・二センチの当時は平均的普通の青年として、留学を許可されている。当時の陸軍軍医採用に当っては、肋膜炎の既往症などは問題にならなかったようだ。留学中とその前後、彼はおおいに元気で、青春を謳歌した。

明治二十一年（一八八八）九月欧州から帰国。その後の数年間、新帰朝の人らしいとも言えるが、ほとんど異常とみえるほどの論争を医学、文学の諸領域で行う。その論争において特徴的なことは、若い鷗外の攻撃的姿勢論調である。相手を追いつめて止まぬというよりも、たえず先手をとって鋭く猛烈に攻撃を加えてやまないのである。ほとんど「悪声」といってもいい。後年の鷗外の「静けさ」とは比べようもない。私は、これこそ結核患者にありがちな神経の異常高揚のせいではないかと思う。生命の火が燃えつきるのを感じた患者の神経が、極端に昂奮高揚するのはよくあることだった。

さて、ところが明治二十七、八年の日清戦争で、戦場、とくに旅順における日本軍による住民六万人虐殺の現場などを見てから鷗外は、かの神経症のツキが落ちたかのように、その高揚が鎮まったのではないかと私考するものである。日本軍による無抵抗の旅順一般市民六万人の四日間での殺害は、広く全世界に報道されたが、日本国内に対してだけは厳秘とされて現代に至っている。鷗外はしかしそのあとを自ら通って見たのである（山崎國紀『評伝　森鷗外』）。十年後の日露戦争においても彼は戦争が「悲惨」なものであるという考えをつよめていたことは、よく知られている。つまりはまず日清戦争が、彼の神経高揚を止めた、と私は思う。

明治二十五年（三十一歳）の喀血

明治も終り近くの四十二年（一九〇九）、雑誌「昴《スバル》」誌上に発表した『仮面』は、長男於菟が述べているように、肺結核による喀血の日付けを正確に記したものであろう。ドラマの主人公杉村茂医博は、若い時に結核にかかったのを人知れず治したことを、同じ結核に悩む若い学生に向かってこう語る。「家畜の群の凡俗を離れて志を高くし、貴族的に高尚に、寂しい處に身を置かふといふ高尚な人物は尊敬するべき仮面を被ってゐる」と。

鷗外はまさに仮面をつけて生きた人だった。長男於菟はこれこそが「父自身だ」と述べている。戯曲の中で、気管を上昇してきた血塊からつくった標本に結核菌を確認した日として、わざわざその日を正確に記しているまさにその日こそ、「父の結核確認の日」だったと考える。それをあえてふり返って、正確に「一八九二年十月二十四日（月曜日）」と劇中に記していることこそ、確実なデータの証拠であるという。この時、鷗外は満三十一歳、陸軍二等軍医正、陸軍医学校教官であり、最初の妻を離縁して二年になっていた。結核だと言わずに、仮面をかぶっていけ、とすすめる主人公の姿、考え方はまぎれもなく鷗外の思いだったのだろう。「仮面を被る」、これであった。一生、結核ＴＢ（テーベー）も、ちであることを人に告げなかった。知られぬようにして通した。（『父親としての森鷗外』）

しかし内面ではたえず喀血におびえていた。のちには子どもたちへの結核の感染を非常におそれた。そして仮面をつけていることですべては大丈夫だと考えた。幸い、のちの家族とくに幼い子どもたちに結核感染は見られなかった。実に幸運だった。

しかし、である。長男於菟や上の娘茉莉に感染してはいないかと、子どもたちの風邪や発熱には異常なほど神経をとがらせ、日ごとの詳しい、心配と不安にみちた記録を示し、それを日記に記している。自分の不具合はいっさい記さないのに。

それにしても、医学者である鷗外が、死に至る病結核の深刻さを真にはおそれていなかったのではないか、とも思えてならない。黙ってやりすごせると考えていたのか。ただ、結核患者の家が一般社会では非常にうとまれ恐れられていることはよく知っていた。だから、ついに一度もからだを医師に見せなかったし、彼自身が結核患者だったことを人に言わないでくれと、死にのぞんでも最期を看取った医師に頼んだのである。

肺病は死病とおそれられ、嫌悪されていた。肺病患者のいた家の娘たちは、つまり森家の娘たちは、結婚が難しくなるだろう。そして鷗外自身の陸軍における高い地位即ち軍医総監の官位も、もし事前に知られては危うくなっていたであろう。死後も「家」の名誉のために、この事実は知られてはならない。かくて彼は生涯「仮面」をかぶり続けたのであった。

肺結核による胸膜炎

かつて肺結核は脚気と並んで日本の国民病のひとつだった。一〇〇年以上たってこの国民病は制圧されていると言われる。明治三十七年（一九〇四）に「結核予防法」が公布されたが、しかし二〇二〇年の現在でも毎年五万人以上の患者が登録されている。そして発病はしないが四十代以上の人はほぼ一〇〇％結核に感染しているという。若い時に感染しても発症せず、老人になってから問題になるケースがある。

鷗外が東大生時代に罹った胸膜炎（肋膜炎）をもう一度確認してみよう。

当時胸膜炎の原因は既述のように、肺結核によって起るものが圧倒的に多かった（現代では減っている）。治療にはふつう安静と栄養摂取によるしかないとされた。しかしその間、咳や痰、胸の痛みがある。癌性の場合予後はよくないが、当時は普通だった結核性の胸膜炎は二、三週間で吸収された。

鷗外と両親家族は、胸膜炎と肺結核を真剣には結びつけずに終ったのだろう。胸水は収まった。しかし肺結核は肺の中に深く残った。

現代の私たちにとって不思議なことの一つは、医師である鷗外が終生葉巻（シガー）を愛用したことである。肺結核に良かろう筈がないではないか。紙巻きタバコは、せっかちに火をつけ、せわしなく吸引しなくてはならない。葉巻はゆったりと一本が燃え尽きるまで、時間をかけてほんのり甘いその味をたのしむことができる。むろん葉巻は高価である。ドイツ留学中に覚えたのだろう。晩年まで葉巻をよく喫っていた。肺結核の患者が！

肋膜炎（胸膜炎）再発

明治四十年（一九〇七）、鷗外四十五歳。この年七月十八日の日記にこうある。

「十八日、胸膜炎再発の徴あり。増悪するに至らざりき」。

戯曲『仮面』に喀血＝肺結核をさかのぼって記したその時から、約十年。七月十八日の日記に胸膜炎の再発を記している。軍医総監への昇進が最終的に決まるかどうかという時だったから、実は非常な不安にかられた時期だったろう。しかし母峰子にも、むろん二度目の妻しげ（子）にもそのけぶりも見せないままであった。「増悪」に至らずと、その日のうちに記しているのは、何か相当に自己診断をはかったのだろう。二十五年前、東大卒業前の肋膜炎のことをけっして忘れていなかったこともこれによってうかがわれる。

すでに当時から鷗外はかなりよく咳をしていた。前年の明治三十九年（一九〇六）七月、八十八歳で亡くなった祖母清がずっと長いことその咳の音を聞く度に、「林（りん）がまたあの嫌な咳をする」とぼやいた記録がある。肺に巣くった結核はついに消滅しなかったのだ。鷗外自身それを自覚していた。そのことで彼は、一生くらい不安を抱いて過ごした。その不安をみごとな仮面でかくし続けたと思われる。しかしあるいは仮面をつけた一生のあいだ、結核恐るるに足らずと病気を過小評価、あるいは無視しようとしたのだろうか。担当専門医ではない私に、それはわかりようもない。

ともかく鷗外はこの時になっても今まで通り一切の医薬を受けつけず、萎縮腎を抱えているることだけをおもてに出し、結核患者に必要な安静をせずに公の勤務に励み、夜は遅くまで執筆や口述筆記をして著作を続け、自ら睡眠は「三、四時間で足りる」とし、食事療法もあえて行わず、比較的質素な食事を常とした。家族との食事後、自分の箸だけは別に湯で洗い、懐紙にくるんで他に触れさせなかった。しかし一般的な食器や肌着類の煮沸消毒などはさせていない。子どもたち、とくに茉莉と杏奴を深く愛したが、口づけは決してせず、またさせなかった。

十一月十三日、ついに陸軍軍医総監に任ぜられ、陸軍省医務局長となって、陸軍軍医の最高の地位にのぼった。そしてそれから八年余このポストを守り続ける。かつて森家を興せと期待された栄光を、しっかり手にしたわけである。

痰

咳に伴って痰《たん》が出る。咽喉や気管に普通にありうる病理である。鷗外は一生、咳と痰に悩まされた。若い時から実は肺結核による痰が多かった。そしてそれは年をとるにつれて深刻になっていった。

明治四十三年（一九一〇）二月十日の日記にこうある。「熱。是日痰鏽色《さび》なり」。結核による痰であることの自覚はあった。『仮面』発表の翌年である。しかしその病名を誰にも告げることはしなかった。

最晩年の大正十一年（一九二二）五月九日、訪日中の英国皇太子を迎えて、正倉院の最高責任者である帝室博物館長として奈良にあって、妻しげに宛て「黒い痰の固まりが出た」と手紙に記している。これは言うまでもなく肺から出た血の固まりが、しばらく時をおいて物理的に黒く変色したものと素人の私でも思うが、それでも妻にも「結核」とは知らせていない。妻だけは察していたのだろうか。それだけ自覚症状がありながら、鷗外は断固としてあらゆる医療診断や薬品服用を拒否し続けた。

病臥したままの体調がますます悪化したので、六月二十九日にまったく初めて医師の診断を受けた。長男於菟の中学時代の同窓生で、賀古の部下であり賀古の姪の夫でもある、前述した額田晋だった。この額田医師が萎縮腎と結核との病因を確認しつつ、病人鷗外の懇請を受けて、腎臓についてだけ診断書をつくり世に発表し、その後三十三年間秘密を守ったことは、前に記したところである。

大正十一年七月九日朝七時、鷗外は自宅で静かに息をひきとった。六十歳だった。

臨終の前夜、静かに病臥していた鷗外が、突如太くて高い大声を出して「馬鹿らしい、馬鹿らしい」と叫んで、また静かに眠ったと、付き添いの看護師が伝えている。その声の大きさに驚いたという。

鷗外の家族の人たちは、看護していた女性の思い違いであろうと言ってあえて（わざと）一笑に付したが、今生《こんじょう》のすべてを虚しく馬鹿らしいと断じたのではなく、死を前にして、うつつの夢のような半覚醒の中であれこれと、おのれと社会、世界との営みに心を悩ます自分のさまを、そう断じたのだろうと私は思う。今さら思い残すことはないではないか。あれをこうし、これをああすればよかったと思わずにいられない自分の心の乱れを、馬鹿らしい、と自ら断じ叱ったのではないだろうか。平静鏡の面のごとくなって、いではないか。思い悩む愚かさは、バカらしいのである。

このおのれへの叱咤の一声をもって、彼の煩悩はふっきれたのだろう。「男爵」とか「貴族院議員」への直接的こだわりではないと、私は思う。

遺言

亡くなる三日前、体調はもはや自分でも限界に来たと承知していたが、意識はまだ明晰さを保っていた。結核患者のつねである。学生時代からの友人賀古鶴所に電話して来てもらい、最後の遺言を口述筆記させた。

正式の公証人を入れた民法による遺言は、すでに明治三十七年（一九〇四）日露戦争で出征する前につくり、大正七年（一九一八）に書き改めてあり、法的には、そちらに〝有効性〟がある。こちら、最後の遺言は長男宛であるが、民法的なものではなく、世間全体への意志表明である。

賀古に口述しつつ二人の間で議論になったところがあり、その結果次のように決めた。すなわち、鷗外ははじめは六行目を「……奈可なる官憲（つまり政府）」としたが、賀古の強い意見で後退させ、官権（役人の力）としたと、賀古は伝えている。遺言とはいえ、それが不敬に当らぬようにと賀古が強く進言して考えたと思われる。

　余ハ少年ノ時ヨリ老死ニ至ルマデ
　一切秘密無ク交際シタル友ハ

賀古鶴所君ナリコヽニ死ニ
臨ンテ賀古君ノ一筆ヲ煩ハス
死ハ一切ヲ打チ切ル重大事
件ナリ奈何ナル官権〔憲〕威力ト
雖此ニ反抗スル事ヲ得スト信ス
余ハ石見人森林太郎トシテ
死セント欲ス宮内省陸軍皆
縁故アレドモ生死ノ別ルヽ瞬間
アラユル外形的取扱ヒヲ辞ス
森林太郎トシテ死セントス
墓ハ森林太郎墓ノ外一
字モホル可ラス書ハ中村不折ニ
依託シ宮内省陸軍ノ栄典
ハ絶対ニ取リヤメヲ請フ手続ハ
ソレゾレアルベシコレ唯一ノ友人ニ云
ヒ残スモノニシテ何人ノ容喙ヲモ許
サス　大正十一年七月六日

森林太郎言（拇印）
賀古鶴所書

森林太郎
男
於菟
友人
総代
賀古鶴所
以上

封筒

森林太郎言フ
賀古鶴所書ク
大正十一年七月六日

この遺言には、何か激しい怒りのような感情が流れている。世界、社会への静かな別れの挨拶ではない。いったいこれは何だろうか。

一説に、鷗外が晩年期待した「男爵」「貴族院議員」の栄典を得られなかったことへの怒りという。なるほど大正九年（一九二〇）十二月に宮内省管轄にかかる図書寮の火事と、同年五月の博物館陳列品の盗難の責《せめ》を最高責任者として負ったせいだという説がある。しかし鷗外はすでにそれより早く爵位授与の栄誉はとうに断念していたという見方が多い。無いものねだりでこれほどに怒る理由はない。

隣国長州藩への屈辱感だという説もある。脚気問題についての世論に対する反抗だとする意見もある。これについては後述しよう。いずれにしても彼の激しい怒りの感情についての充分な説明ではない。ただひとつ、これに対して「石見《いわみ》の人として死のう」としたすがすがしさが際立っている。しかしその石見の国の水清き津和野に、彼はついに一度も帰らなかった。

人間存在というもの、いや、人の一生は矛盾に満ちたものである。鷗外ほどの大きい、まさに彼自身の言う『空車』のように巨きな存在は、通常の目では見通せぬ渦を巻いていたものだろう。普通一般の日本人であれば、死に臨んで、己《おの》れと全自然、全世界との融合融和を念じ、そこに秘かな悲哀を覚えつつ満足するだろう。死に臨んで全世界に対して怒る人はまずいない。これほどの大きな弧を描いて生を完うした人間が、憤怒の情をもって己が死を迎えるとはどうしてか。それほどに己れを叱ったのか。

まさにその点に、鷗外の独自性、特異性があると言えよう。

脚気

脚気の系譜

松本清張に『両像・森鷗外』という評伝がある。その冒頭は、新幹線を米原で降り、知人の案内で車で四十分、甲賀郡土山《つちやま》に向い、森鷗外の祖父白仙の墓地を常明寺というお寺に訪ねた記録から始まっている。松本清張の鷗外評伝の強味は、自分の足で話題の現場を尋ね、史実を確かめて歩き、雄弁に語るところにある。

さてその書によると、話は「脚気」による鷗外祖父の死ということで、小倉から公務上京途中、鷗外が常明寺を初めて訪ね、荒れ果てた寺外にある祖父の墓を、寺の域内に移転させる話へと進む。

「鷗外の祖父森白仙は本姓佐々田氏、名は綱浄、はじめは玄仙と称し、のち白仙に改めた。森家は石見國津和野藩亀井家の藩医で、白仙が第十二代、奥付であった。……白仙は、万延元年四月、藩主隠岐守茲藍《これみ》の参勤交代に従って江戸に来た。翌文久元年七月に従って帰国する予定であったが、病のためあとに残った。十月小康を得たので、江戸を発し、十一月七日、近江國甲賀郡土山に至った夜に、脚気衝心で俄かに歿した。遺骸は臨済宗常明寺に葬り、……従者が遺髪遺物を携えて帰国した。

是より前、周防三田尻から医学修業に来ていた吉次泰造が、白仙の眼鏡にかなって一女峰子の婿となった。名を静泰といい、後に和蘭医学を修め、維新後静男と改めた。白仙の歿した翌文久二年男子が生まれたのが即ち森林太郎である。

……暑いさかりの道中は脚気に悪い。そこで白仙は藩主一行の帰国を外桜田の上屋敷の門外に見送ったあと、秋十月半ばまで藩邸に起居した。

かくてようやく軽症に赴いたようなので白仙は帰国の途についたのだが、病気とはいえ主君の供ができず、それより二ヶ月以上もひとり藩邸にとり残されたことからの憂悶に悩んだにちがいない。子孫代々、永年家禄を食む境遇にある者の煩悶である。……病気の遅れを「不忠」と考える医官白仙の意識が、脚気の療養不十分と自覚しながらも、帰国を決心させたといえなくはなかろう。それには家中の眼がある。……医官同僚の眼がある。……白仙の不安は、先祖代々享《う》けた家禄の君恩が、己れ一代で絶えそうな予感ではなかったろうか。白仙が回復が十分でないと知りながら、脚気にもっとも悪い長途の歩行に踏み切った気持にはそのような危惧が強く働いていなかったとはいえない。(石州津和野は江戸より二百四十七里、その半分程の百十里の江州土山に至ったところである)」。

鷗外の祖父白仙の最期の「脚気衝心《かっけしょうしん》」とはどんな病症だろうか。つい一九五〇年の頃までは日本中知らぬ人はなかった「脚気」なる病気も、今は知る人もまるでなくなったほど、時代の流れは速い。鷗外が祖父白仙の最期が脚気をさらにこじらせて脚気衝心に至ったことを痛ましかったと感じ、さらに「家」の名誉のために境内《けいだい》の外に雨ざらしといった姿だった白仙の墓を住職に乞うて境内敷地内に移してもらうよう申し入れて聞き入れられ、法要を済ませて上京の旅を続けたいきさつを、松本清張はこうして著作の冒頭に置いて詳述している。土地、距離などについての着眼が詳しくていかにも清張らしい。

さてところで、この脚気とはどんな病気か。そしてその脚気が悪化して迎える脚気衝心とはどんなことだろうか。脚気は軍医鷗外の一生につきまとった問題なのでここに取り上げていくが、特に今ここで先ず先に脚気衝心について確認をしておこう。

脚気とは簡単に言えばビタミンB１欠乏症なのであるが、大ざっぱに言って、⑴多発性神経症系の手足のしびれ、⑵むくみや運動障害、息切れ、さらに悪化すると今のことばでいうと、⑶心不全即ち脚気による心臓麻痺となる。つまり⑶の心不全の主な要因即ち心臓麻痺のことだが、この⑶まで至ると、つまりこれを脚気衝心ということになる。油断できない病気である。

一九六〇年頃まで、健康診断といえばまず人を椅子にかけさせて膝の腱盤の下をゴム棒で軽く叩き、それに反射して下肢が弾ね上がるかどうかが、検診で必ず行う第一歩だった。多発性神経炎は手足のしびれや理由なく多発する全身の発汗下痢などである。こうしてみると複雑多岐にわたるが、ごく一般には膝の下を叩いて得る反応と下肢のむくみで識別した。脚気は次第に重くなると間違いなく死に至る病気で、昔は脚気衝心で助かることはなかった。足から症状があらわれるので、「脚の気《け》」脚気と呼ぶようになった。鷗外は無論、祖父白仙も自らこの症状は充分知っていた。しかし、なぜ脚気が起るのか。脚気の病原は何か。江戸時代以来長いこと明治、大正期も解かれざる大問題だった。現代日本の一般の人はもはやこの歴史を全く知らないだろう。

脚気

江戸時代、とくに元禄年間に米を精白する習慣が広まるとともにこの病気が多発して「江戸患い」と呼ばれた。明治時代に入り、明治三年（一八七〇）からその翌年にかけて脚気が大流行し、毎年少なくとも六五〇〇人から、明治末期には一般市民一五〇〇〇人が脚気で死んだ。日本陸軍での死亡率はもっと高かったことは改めて後述しよう。一般市民においては明治四十二年（一九〇九）の死者二六七九六人がピークで、第二次大戦後まで年間一万人から二万人に及んだ。幼児の死亡が特に多かった。死者の数が千人を切るようになったのは、戦後の一九五〇年（アリナミン発売）以後である。現在のジャンクフード、例えばインスタント・ラーメンにはビタミンB1が添加されているので幸いにも脚気の心配はないという。ただし、ドリンク類には添加していない。要注意である。

麦や雑穀類をひいてパンを作る欧米各国に脚気はなく、米を食べる東南アジアで呼ばれていた「べリべリ」beriberi の名を用いて称し、東南アジア特有の伝染病とされてきた。日本ではこの脚気に倒れた人は必ずしも貧しい人ではなく、むしろ精白した白米の山盛りで一汁一菜の食事をとる武士階級に広がっていた。例えば三代将軍徳川家光、十三代の将軍家定、十四代将軍家茂もみな脚気衝心で死んだ。明治天皇も若い頃は脚気に苦しんだという。そしてどの時代をとっても、脚気の発生、流行地は農村よりも都会だった。平均収入の高い都心の人々が集団生活するところに多く発生するのは何故だろう。経済力の差ではないとすると、たぶん人口密度に関係があって、伝染するかどうかにかかるのだろう、と人々は考えた。だから「脚気は伝染病だ」といわれた。

明治になって日本政府に招かれて医学の基礎をつくった多くのドイツ人医学者たちや、さらにその後の人である東大のベルツ教授や、さらに鷗外がベルリンで師事した結核菌発見者ローベルト・コッホも、みな、脚気は細菌による伝染病と信じて疑わなかった。コッホは当時全世界のトップの研究者だったから、日本の医学界はこぞってコッホの意見に従った。コッホの弟子でなくとも明治・大正期の日本の医学は圧倒的にドイツ医学の影響下にあったから、朝野をあげて脚気の病因は細菌による伝染病だと考えた。しかしその病原菌がどのような菌であるのか、多くの人々が懸命に探したがいっかな見つからなかった。全国の医学者は懸命に脚気の病原細菌、即ちこの世に存在しない脚気菌探しに狂奔して、虚しかった。

陸・海軍における脚気

明治六年（一八七三）、日本に徴兵制が確立し、全国で健康な壮年男子が徴兵されるようになったが、たちまち夏には兵士の二〇%ほどが脚気にかかり転地療養させて休ませなくてはならなくなった。脚気発症には流行性がある、なぜか。それに転地療法に効果があるのはどうしてか。謎《なぞ》は深かった。

当時陸軍では、下士官・兵士に区別なく、一人一日白米六合の食事を与え、副食は六銭六厘と勅令（天皇の命令）で決まっていた。白米を食べることに各地方出身の青年たちは驚喜した。一生に一度お米を食べて死ねたらいいなどと考える辺境の地出身の青年も多かったから、「銀シャリ」を六合も食べられることは何という喜びであったことか。副食は一日六銭六厘を支給し自分でまかなうこととされた。しかし多くの若者は六合もの「銀シャリ」で満腹し、副食代六銭六厘はしまいこんで故郷の父母に送ったりして、副食ナシで、或はごく少量で済ませた。ずっと後の明治末期になってこの六銭六厘は若干改定されたが、基本的には「まっ白な白米食に梅干しで皇軍は無敵」とされた。

副食が乏しい以上、肉や野菜などビタミンB1の豊富な食べ物を摂らないのは明らかで、ビタミンB1欠乏症である脚気を発症するのは当然である――、と現在の私たちにはわかる。しかし当時はそうではなかった。山盛りテンコ盛りの白米六合もの食事は、現在普通の青年には食べきれない量だ。当時の人々には、それに乏しいおかずを食べて、脚気になったのは当然だった。日清戦争の前の明治十五年には、この副食代を改定してほしいという要望が陸軍軍医部から出されたが、軍中央部は財政がきびしいことと、畏れ多くも勅令によって決まったことを変更は出来ぬと言って、却下したことがある。

こうして迎えた日清、日露の戦争での脚気発病はどうであったか。一言で言えば、それは悲惨といってさえもいい程の状況だった。明治二十七、八年の日清戦争、三十七、八年の日露戦争とも、日本陸軍は脚気によって殆ど戦闘能力を失うところだった。

日清戦争では、戦地における病気患者数が二万五〇〇〇人、そのうち脚気が二万人弱だった。戦死者総数の三分の一もの兵が脚気で死んだが、日露戦争でも戦死者四万七〇〇〇人に対して、脚気入院患者は二一万一六〇〇人。脚気死亡者は二万八〇〇〇人にのぼった。

戦後、陸軍の脚気対策、いや、対応に批判が高まったのは当然だった。

鷗外と脚気

軍医森林太郎と脚気との関係については、二つのことが言える。一つは、軍隊の兵食についての彼の研究と発言。第二には、脚気についての公的調査会の設置運営である。

第一の兵食についての研究は直接的に脚気に関する研究ではなく、広く日本食がいわゆる洋食と比して甚だ劣っている故に国民的規模において日本食を取り止めて洋食にすべきだという世論に対して、日本食を弁護する研究で、日本陸軍の兵食を洋食に変更する必要はないとするもの。脚気と直接の関係はない。明治の初期、いわゆる文明開化の大波という日本社会の近代化の激変の中で、食生活についても日本のそれの絶望的な後進性が叫ばれた。明治初期から明治二十年頃にかけての西欧崇拝はすさまじいものがあった。

そのような社会風潮の中で鷗外は明治十七年（一八八四）にドイツへ留学する。陸軍軍医学を研究、衛生学を学ぶことを目的とした。この衛生学の中には、兵食の問題も含まれていたと思われる。ドイツに向け出発するより前から、鷗外の心の中にはこの兵食問題があった。若い軍医としては当然のことだったろう。日本社会生活全体の向上にむけて現実的に検討する有効体は、軍隊という組織体であることは明らかである。若き鷗外はまさにその軍隊の軍医部に入り、今やさらに最先進国ドイツに向けて旅立つのである。大きな使命感を持ち、また上司上官からも期待され、指示もされていたであろう。

明治十七年十月、ライプツィヒ大学の衛生学教授ホフマンに師事し、翌年まで約一年間同地にいる間に「日本兵食論」（邦語）を本国軍医部本部の上官石黒直悳《ただのり》に送り、明治十九年十月にはドイツ語でドイツの「衛生学雑誌」に「日本兵食論」を寄稿発表した。

ポイントは、日本陸軍に肉食を主とする洋食を採用することは、兵員数、食費、それに屠牛の数からして甚だ困難である。魚と豆腐を用いればカロリー、蛋白質量ともに近代的軍隊食に適する兵食となる。麦飯は米食に比べて消化、吸収が劣るというものである。但し当時の鷗外には身体実験を行う便はなく、既に日本で発表されたデータを用いている。特に明治十八年七、八月に学会誌に発表され、日本の母親から郵送して貰った大澤謙二の実験報告を利用した。大澤の報告したデータを紹介して、腸の長い日本人においては米の飯が米麦混合に比べてずっとよく吸収され、とくに米の飯の中に含まれる蛋白質は米麦混合の場合より遥かによく吸収されるので、米食は栄養価が高い。二千年来米食を常としてきた日本人の食事に誤りはない――、という論旨である。堂々たるドイツ文で発表している。

ドイツから帰国して後、明治二十二年八月から十二月にかけて鷗外は石黒の指示も受けて陸軍軍医学校で助手二名を使って「陸軍兵食試験」を行った。兵士六名に、米食、麦食（米麦飯）、洋食（パンと肉食）をそれぞれ八日間食べさせ、毎食の摂取量を測定し、蛋白質、脂肪、炭水化物を分析、総カロリーを計算、小便と大便をとって排泄窒素量をはかり、摂取蛋白と排泄窒素から窒素の出納量を計算し、また蛋白質の出納量も計算する。さらに尿の中の硫酸と硫黄を測定して体内の酸化作用の強弱をはかった。これらの結果、あらゆる意味で米食が最優秀、麦食（但し米飯に麦を混じたもの）が中位、洋食は最低という結論が出た。科学者、それもドイツ語で言うエクサクト（精緻）な科学を志す鷗外の面目躍如である。但し、これが鷗外の生涯で最後のエクサクトな科学的実験となった。

この論文と併行して執筆された論文に『日本家屋論』がある。ドイツ語で書き、ドイツ語でドイツ人たちのために講演し、ドイツ語で印刷発表したある種の冷静で堂々たる日本文化論であり、私たちに知られているのは帰国後自ら邦訳して日本の学会のために発表されたものであるが、日本人の住居文化について広く深い見識に満ちた論文であり、若き鷗外のエネルギーには感嘆する他はない。とても結核を患う、ひ弱な西洋かぶれ青年のなすことではない。

繰り返しになるが、鷗外がとくに兵食論に力を入れて論文としたのは、直ちに脚気に結びつけて考えたからではない。そうではなくて当時の一般世論において、すべて西洋化がよしとされ、古き日本的なものは劣っている。だから日本人の身体は西洋人に比べて格段に小さく劣っている。すべからく食事から改善すべきである。軍隊もまたしかりである、という世論が強かったからである。

肉を食べなくてはいけない。たしかに真っ白なお米のご飯を腹一杯食べて、おかずは味噌汁一杯か漬《つけ》物一皿という粗食主義の武士生活についてはそうも言えるだろう。豆腐や納豆、できれば干魚を副食に入れていればいいのだが、一般武士の食卓は質素というより粗末だった。明治になって欧米人の食事が紹介されて、日本人の食卓は大変化をとげたのである。四つ足の牛を牛鍋やすき焼きで食べるのは、仏教の立場からしても、長きにわたってはばかりがあったろう。明治前半の日本の食卓は大混乱だったに違いない。しかし留学中の鷗外はヨーロッパとくにドイツ人と食卓をともにして困ったことはなかったと思われる。少なくとも愚痴はこぼしていない。

ただ、帰国後の長い生涯の食生活は、かなり質素なものであったらしい。何よりも面白いのは鷗外が大変に好んだのが、焼き芋だったことで、帝室博物館長室でも、焼き芋をよく食べたらしい。しかし焼き芋は、皮もよく噛んで食べれば炭水化物だけでなく、食物繊維そしてビタミンも摂取できるであろう。完全栄養とは言わぬが、栄養価は高いと言わなくてはならない――。

脚気と海軍

脚気は細菌を病原とする伝染病であると一般に広く考えられ、実在しない脚気菌探しに朝野をあげて狂奔していた一方、日本海軍では全く異なる考え方をし、脚気の原因を細菌ではなく、食物そのものの比率に求めた。その功績者は海軍軍医・高木兼寛という。

高木は明治五年（一八七二）海軍に入り、明治八年ロンドンのセント・トーマス病院附属医学校に五年間留学した。十二世紀頃からロンドン中心部にある著名な病院と附属医学校である。

高木が日本に帰国して早速直面したのが脚気の猛威だった。明治初年から日本の陸軍はプロイセン・ドイツを範としたのに対し、海軍はイギリスを手本・見本とし、それが第二次大戦の頃まで続いた。ドイツ的思考が目に見えぬ原理から説き起こす「理念・観念」的であるのに対し、英国風思考は具体的に現実に目の前に見える「具体的・実践」型と言っていいだろう。高木軍医の目もイギリス風にプラクティカルだった。

さて、海軍の食費も一日六銭六厘で、陸軍と変りはない。そして脚気が猛威をふるっていたのも同じであった。陸軍海軍の間に差はなかった。

しかし海軍に限ってよく観察すると、食事の内容によって脚気の発生数が異なっていることに気がついた。特に内容の比率である。その点に注意してよく調べた。食品は炭水化物、蛋白質、脂肪の三大要素から成るが、蛋白質の割合が少なくて炭水化物の割合が多いと、脚気の発生が多くなりやすいという調査結果が出てきた。これがポイントであろう。

調査研究を進めると、蛋白質と炭水化物の比率をよく勘案し、蛋白質を現行（明治初期）の倍程度にすれば脚気は発生しないと結論づけた。そのためには海軍の現行兵食を「西洋食」に変えるべきであり、それしか現状を変える手はないと結論づけるようになった。

そこで海軍では、高木の研究結果に基づき現場で実際に実験を行うことにした。即ち、右の研究の翌年明治十七年十二月三日、軍艦「筑波」をして遠洋巡航をなさしめ、品川沖を出てニュージーランド、チリ、ハワイを計二八七日でまわった。乗組員三三三名、脚気患者は、僅か一六名だった。蛋白質の多い西洋食を進め、ついで麦飯（大麦を混ぜた米食）にしたところ、脚気がこのように激減したのであった。つまりこれで栄養学的に蛋白質と炭水化物の比率で脚気の発生を説明しようとした。

森鷗外の曾孫森千里の著『鷗外と脚気』によれば、高木の研究で「蛋白質と炭水化物の比率が一対十五程度がよく（脚気にならず）、脚気になった者のそれは一対二十七位である。そこで、脚気を防ぐには蛋白質を増やし炭水化物を減らさなければならない。従って海軍の兵食を洋食に変えなければならない」と主張するようになった。

この説明に対して反論も多かった。なかでも麦に含まれる蛋白質について、麦の消化が悪いという反論のほか、多くの意見があり、決定打とはならなかった。しかし、この方法を守った海軍の、すぐのちの戦時脚気発症は実にただの一名だった。大成功と言わなければならない。

ただし、ここで大急ぎで付け加えておかなければならないのは、その「西洋食」「麦飯」の実体である。まず海軍はパン食を始めた。ところが水兵たちがパンを嫌がって海に捨てた。そこで麦食にしたのだが、これも評判が悪く、水兵たちは麦をつまみ出して海に捨てたので、それを見て麦の割合を小さく少なくせざるをえなかったという。

高木兼寛が海軍の軍医総監を退《ひ》いたあと、海軍においても脚気が爆発的に増えた。それは、水兵が嫌がる麦を、その麦の精白を強くすすめた結果、ビタミンを保有する胚芽をほとんど削り去ってしまったことがひとつ、もうひとつの理由は、海軍の力が増し、何隻もの軍艦が遥かな遠洋航海に出るようになり、新鮮な副食を補給しにくくなったためという。

高木はしかし脚気の真の病原を知るには至らなかった。脚気の原因は食物の比率だと考え、真の病原はわからなかった。彼もまた暗闇の中を手探りで歩いていた明治の軍医だった。鷗外もまた脚気の真の病原についての最終的確証は知らずに世を去った。

鷗外の脚気観

鷗外が『日本兵食論』を世に問うたことはよく知られている。しかし鷗外はその兵食論によって脚気について直接論じたわけではなかった。彼はただ、海軍のように西洋食を陸軍の兵士に与えることは不可だと論じてやまなかった。それは第一に、海軍の十倍の兵員数を保有する陸軍の和食を一気にパンと肉の洋食に変えることは財政的に不可能であるとし、さらに二千年来の日本人の米食が当時世に言われていたように、栄養価と消化吸収度の低いものではなく、むしろ米食の方が消化は麦食にまさっていると論じてやまなかった。日本食でも植物性の蛋白質はしっかり摂れるのだ、と。

彼鷗外も脚気が細菌を病原体とする伝染病だと考えており、特に日露戦争から二年たった後に陸軍の軍医総監となった（明治四十年・一九〇七）翌年の明治四十一年六月二日にベルリン留学時の師、ベルリン大学教授でノーベル医学賞受賞者ローベルト・コッホの来日を迎える。コッホもまた脚気は伝染病であると断言し、その方向での研究を進めるよう助言した。鷗外は多くの医療関係者とともに無論この世界最高の細菌学者のすすめに従ったのだった。ただしコッホは、シンガポールやスマトラ（インドネシア）で流行しているベリベリと呼ばれる病気と、日本の脚気は別の伝染病ではないか。南方の現地に調査団を派遣して調べるべきだとすすめた。それに従って鷗外は後述する「臨時脚気病調査委員会」の責任において、有能な研究員三名を現地に派遣する。その結果は、細菌による伝染病ではないというショッキングな報告となって返ってきたのである。

繰り返しになるが、鷗外は明治四十年についに軍医の最高位である軍医総監、陸軍省医務局長に昇任し、この後八年間この座にあった。一作家や一詩人になしうる責務ではない。重責、激職であった。その中で特に脚気調査の国家的研究組織をつくる。陸軍、海軍、東京帝国大学医学部、伝染病研究所などから研究者を集め、鷗外自ら会長（委員長）になる。ところが当時の文部省と内務省が所管をめぐって激しく対立してやまなかったので、法制局が委員会の頭に「臨時」とつける案でことを進め、ようやく陸軍主導による委員会が発足した。「臨時脚気病調査委員会」である。

この会では従来のまま脚気伝染病説が有力であった。そうではない栄養説もあったが、極めて少数意見だった。

大正三年（一九一四）、ポーランドのフンクが『ビタミン』という著作を発表して世界的にショックを与えた。Vital Amin 即ち人間と動物の生命に必須のアミン類のことで、これを糠から見つけたというのである。この後、脚気の原因はビタミン欠乏食にあるという認識が次第に広まっていく。一気にはいかなかった。大正十年（一九二一）の調査会で鷗外は、軍医総監を退任すると同時に会長を辞してもなお委員に委嘱されていたので、病欠の議長に代って代理議長をつとめた。これが彼の生前最後の出席だった。そしてこの年の総会で、ビタミン欠乏食が脚気の原因だとする意見がほぼ最終的に認められた。長い道のりだった。

翌大正十一年（一九二二）七月鷗外死去。その二年後、臨時脚気病調査会は任を終えて廃止解散された。しかし、日本の医学界が公式に脚気をビタミンB1欠乏によるものと認めたのは、実に昭和八年（一九三三）である。

――ただ、しかし、鷗外は「兵食論」以後、脚気についての発言は一言もせずに生涯を了えた。よほど苦い思いが胸の内にあったのだろう。いや、「兵食論」自体も脚気については一句も触れていない。心の中は複雑をきわめていたのだろう。最晩年の脚気についての態度は、どうも明確でない。

科学的調査

脚気の病原については、師ローベルト・コッホを信じて、今から見れば誤った確信を持った鷗外であったが、腸チフスの病原などについては正確に把握できていた。

さて科学的な、エクサクト（精緻）な探求を、留学生森鷗外はライプツィヒでついたホフマン教授、ミュンヒェンのペッテンコーファー教授、そして特にベルリンでコッホ教授からしっかりと教えこまれた。明治二十年（一八八七）四月、彼はミュンヒェンを去り、ベルリンに向かった。ここで再度ベルリンに戻ろう。

そこベルリンでは、すでに一八七六年にコッホが顕微鏡を用いて、家畜の炭疽病の病原体をつきとめ、その蒸気消毒法を確立し、細菌学の世界的中心となっていた。即ち一八八〇年にコッホはベルリン大学に新設の衛生学研究所所長となり、一八八二年には結核菌を、翌一八八三年にはコレラ菌を発見している。

一八八七年、鷗外がベルリンに移り、コッホに師事したのは、このコッホのもとにアメリカを始め世界中の新進の医学者たちが教えを乞うて集っていたその最盛期であって、鷗外は既にコッホの許で研究を始めていた北里柴三郎の紹介で師事を許された。それが一八八七年四月二十日のこと。コッホから研究テーマを授けられたのが五月三十日。いわく「下水道中の病原菌について」。

早速ベルリンの水道局を訪ね、特に下水操作局に入り、また中央屠殺場に入って汚水を採取。そこで得た汚水を実験動物に注射して病原菌を特定していく。その前に顕微鏡を用いて病原と思われる細菌を特定する。地道な毎日である。下水、汚水の研究というとただ汚いとしか思われないが、しかしこれもまた大切な研究の道筋であって、基本をゆるがせにしない、まさにエクサクトな作業の毎日だった。軍医留学生森鷗外は、真剣に課題に取り組んだ。

コッホ教授は、幾度も鷗外のいる研究室にやってきては、科学的方法について説いてうまなかったという。世に言う「コッホの三原則」である。

第一に、病気の病変部から菌を見出すこと。

第二に、その菌はその病気だけに発見されるべきこと。

第三に、病変部から採った菌を純粋培養して、被検動物に再び返し、元と同じ病気を起さしめること。

この三原則に従い、⑴動物実験、⑵顕微鏡検査、そして⑶純粋培養という手筈を踏んでいくこと。これをコッホは幾度も繰り返し説いたという。青年鷗外は、しっかりと直伝のこのコッホ理論を身につけていった。当り前のことのようだが、コッホは青年鷗外にもこの三原則をいわば口移しで教えこみ学ばせた。そして鷗外はこれがエクサクトな医学という科学研究の基本であると学び、この原則をしっかり身につけていった。

——後のエッセイ風小説『妄想』に記している「エクサクト」な科学の道を彼はずっと歩んでいきたかったに違いない。それはどんなにか内的に幸わせな道であったろうか。彼にはそれが能力的にはもちろん可能だった。しかし運命というか、日本陸軍が彼に求めたのはそのような精緻で地道な科学研究の道と成果ではなく、ドイツ陸軍の衛生法の成果を日本に持ち返って移植すること、そしてそれを陸軍の近代化に役立たせること、つまり啓蒙役であった。言ってみれば通訳である。彼にはエクサクトな研究を行う力も展望もあったのに、である。

すでにかなりの業績も挙げて帰国した。しかし「予言者は家郷に容れられず」と古話にあるように、彼は医師としての一生を研究からはほど遠い役人仕事についやしつくして終った。心中、どんなにか無念であったことか。口惜しかったことだろう。軍医でありながら「医の道」にあらざることを心の中で、「馬鹿らしい」と歯ぎしりしたことだろう。エクサクトな科学者たる可能性はおおいにあったのだ。それがみごとについえさっていった。ただし、だからその分だけ、集中したエネルギーを文学に向けることができたと言えるかもしれない。創作と翻訳の成果に。

大都市の重大伝染病（コレラ、腸チフス、ペストなど）の発生流行の主因を、何よりも環境衛生面に求め、実際にミュンヒェン市においてその克服をなしとげた医学者ペッテンコーファーの許で学び、そこからベルリンの細菌学者コッホのもとに学びを求めてやってきた若い日本陸軍の軍医。彼の求めを聴き入れて従学を許したコッホ（とその研究所）は、下水道の水中にいるであろう病原菌の細菌学的調査研究を課題として与えた。医学研究の基礎となる科学的技術の実践的訓練とも言えよう。

前記のようにそこで鷗外は下水道当局に出かけていって下水を採取、実験研究にとりかかる。少なくとも五回の検査を繰り返した。その結果ベルリンの下水道から三種類の病原菌が発見された。「エクサクト」な科学の道を歩もうとする若き軍医、いやこのときは若き学徒にとって、このことは、ミュンヒェンでのビールに含まれるアルコール分の罹尿検査にも増して、厳密な意味の科学的［フォルシュング］Forschung 研究（『妄想』）の道を歩む大きなよろこびであったろう。

既述のように彼はしかるべき下水処理場に赴き、下水を採取し、持ちかえって動物実験検査を始める。

当時ベルリン市は近隣郊外を含めて八十五％も下水道が設けられていた。しかし驚くべきことに小さな個人的屠殺場がベルリンだけで数百個所以上もあったという。二十一世紀の現在でもドイツの農村では自家で屠殺を行い、ハム、ソーセージ、サラミなどを作ることが許されている。そこでは血の一滴も毛の一本も無駄にはされない。しかし市街地のまっただ中での屠殺は果たして完全な衛生を保って行われるだろうか。食肉製造過程の厳密な管理はなしうるのか。ベルリン市は衛生的中央屠殺場を設けて食肉中毒と下水汚染を一掃しようとしていた。時はちょうどその「時」である。いわゆるコッホの「三原則」に従って鷗外は検査研究を始めた。彼の『ドイツ日記』に余り詳しくはないが、既述のような日々をおくったことがおおまかに記されている。

彼よりも早く、すでにコッホの許で研鑽を積んでいた北里柴三郎は、まさにコッホ的細菌学の立場に立っていたが、鷗外の場合は陸軍が彼に求めた衛生学の立場に立って調査実験を進めた。そして話はとぶが帰朝後、都市計画をはかる東京市長に対して、家屋の建築問題よりも上下水道の完備を鷗外がつよくすすめたのも、ペッテンコーファーとコッホという、それぞれまったく異なる二人の巨人のもとで学んだ課題・方法を忘れなかったからなのである。

腸チフス

戦争や飢饉などのとき、とくに軍隊の集団の中で腸チフスが発生流行した。典型的経口伝染病である。明治三十年代とくに日露戦争の戦場で腸チフスは猛威を振るった。戦病者二万二千人のうち、五八七七人が腸チフスと赤痢の死者だった。非衛生的な「水」と食物の状況下で発生しやすい。

経口感染後一、二週間で発病する。倦怠感や頭痛などを伴い、やがて急に四〇度の高熱を発し、難聴や意識鈍麻を来たし、戦闘能力低下は無論、団体生活もできなくなる。舌が白から黒色に変り、顔は無表情になり便秘となる。今でこそ抗生物質のおかげで、日本では殆ど発病していないが、右に述べたように明治三十年代は特に軍隊では深刻極まる大問題だった。日露戦争の二年後に陸軍の医務局長（軍医総監）となった鷗外は（明治四十年）、直ちに脚気と腸チフス対策に乗り出し、明治四十二年以降の陸軍の腸チフスは急速に激減した。いったい何をしたのだろうか。

明治四十年（一九〇七）、いくつかの師団から腸チフス発生の報告があり、陸軍省医務局・森林太郎新局長の英断によって旭川の第七、弘前の第八師団で予防接種を行うことになった。それが成功したので、軍内部に反対の声もあったが、それを押し切って翌年全国の全師団に腸チフス予防接種を行わせた。それにはむろん予防液の製造等さまざまな問題もあったし、予防接種反対の意見もかなりあった。しかし鷗外は、本人の同意がなくてもいつでも予防の注射を行うことができるように伝染病予防規則を改正し、且つまた少尉以上の全幹部に一冊ずつの「腸チフス予防接種の事跡および学理」という小冊子を作って配布させた。これらすべてが相まって明治四十三年以後、陸軍の腸チフスは制圧された。鷗外が若き日にドイツに留学して学んだ衛生学の基礎がモノをいったのである。陸軍以外では余り話題にもならぬが、敢えてここに記した。

ただしこれは旧陸軍での話で、一般社会では第二次大戦後まで腸チフスは常に恐れられる病気だった。抗生剤によって制圧されたと思われたが、現在では海外旅行や輸入食品による感染が報告されている。

恋人　エリーゼ・ヴィーゲルト

帰国

明治二十一年（一八八八）夏。三年の予定が一年延長を許され四年にわたったドイツ留学を了えて鷗外は帰国する。プロイセン陸軍での約半年にわたる兵員診療の軍務を七月二日に了え、七月五日、しばらく行をともにした上官の石黒忠悳《ただのり》軍医監とともにベルリンを発ち、帰国の途についた。鷗外二十六歳。石黒は、鷗外の軍医就任、ドイツ留学、その後の軍医生活全般にわたって上官として深い関わりをもった。彼は萬国赤十字大会への日本代表として出席をかねてベルリンに長期滞在し、鷗外を通訳として非常に面目をほどこしたが、ともすると奔放に走る森軍医にのちのちもたえず僅かに不安を感じていた。

夜、国際列車がドイツ・オランダ国境にさしかかったとき、ベルリンの恋人について話をしたらしい。石黒は、鷗外にこの一年ベルリンに恋人があることを知っていたが、「あとぐされ」なく、カタをつけてきたかが気になっていた。鷗外はこの列車での会話についても何の記録も残していないが、当時の留学生においては、現地で関係をもった女性には「手切金」を渡して、関係を清算して別れるのが「常識」だったから、石黒はきちんと清算してきたろうな、と訊いたが、全くそうではなくて、驚愕した。筆マメな石黒軍医監は日記にこう記している。

「車中森ト其情人ノコトヲ語リ為ニ愴然タリ
後互ニ語ナクシテ仮眠ニ入ル」

石黒がここに記した「愴然タリ」とは、唖然、憤然としたのではなく、「いたみ、かなしむ」の意である。暗澹として言葉を失い、この先に待ちかまえる悲劇を思うと、かくも優秀な若き部下の将来故に愴然となったのだ。つまり、旅のラヴ・アフェアを無事に終え、あとぐされなきように「手を切って」きたかと問うのに対して、何と鷗外たちの乗るフランス船の四日あとのドイツ船で、その「情人」が独りで日本に追ってくるというではないか。何ということか。きれいに手を切ってくるどころか、東京での結婚まで考えているらしい。軽く美しい旅のラヴ・ロマンスではない。だがしかし、当時の日本陸軍の中枢部においては「異人」との結婚など許される筈は決してなく（外務省や海軍の華族出身者なら極く少数の例外はあったが）、この恋の結末は言いようもない悲劇に終ることが目に見えている。さしも剛腹な石黒も「愴然」たらざるをえない。

鷗外自身もかすかに予感はしていただろうが、日本の現実の厳しさについてはそれほど真剣に考えつくしてはいなかった。情の赴くまま、恋人の長い独りの船旅を許し、なんとそれどころか胸をふくらませて日本での再会をたのしみに旅立ってきてしまっている。行く先を考えると、さしもの千軍万馬の石黒でさえ、やがて来る悲劇の結末が見えてきて、この優秀な若い部下の将来が、救いようもない悲劇に終るのが、目の前に迫ってことばを失う。――ものも言わず、二人の会話はそこで終ってしまった。そしてそれから先、ロンドン、パリを経由し、マルセイユから四十日の船旅はうれしい帰国の旅どころか、日を追うごとに悲劇に色どられた悲しみの増す旅となってしまった。船が日本に近づくにつれて悲愴感は薄れるどころか、益々深くなっていった。

さて、このベルリンの情人とは何という名前の人か。果たして実在の人物だったのか。帰国の翌年に執筆され、明治二十三年（一八九〇）に発表された『舞姫』のヒロインがエリスというところから、長く「エリス」と呼ばれてきたが、何と昭和五十六年（一九八一）になって、当時の、ということはつまり明治二十一年の週刊英字新聞に載せられていた九月十二日（即ち鷗外たちの四日後）に、北独ブレーメン発、香港乗換のハパク・ロイド社所属のドイツ船で横浜港入港、下船者名簿から、一等船客ミス・エリーゼ・ヴィーゲルト（Miss Elise Wiegert）という名前が発見された。北独ブレーメン発一等船客は計四人で、女性はこの人ひとりだった。鷗外はこの実名についても、どのような人だったかについても生涯一言も触れていないが、私たちはこの「発見」を信じていい。この先、いくつかの傍証が見出されていく。私たちはここで彼女の名を実名エリーゼと呼ぶ。当時日本に入った外国人はすべて東京築地の精養軒に滞在しなくてはならなかった。彼女エリーゼは精養軒に三十五日間滞在したが、この間、外国からの客として一度でも森家に招かれるどころか、森家一族の猛反対にあい、再び単身母国ドイツに追い返されていった。明治二十一年（一八八八）十月十七日である。

さて、鷗外自身は九月八日に横浜帰着、両親のもとに帰ったその夜、エリーゼのことについて報告し、両親を驚愕せしめる。白人、異人の女性がすぐ四日後にはあとを追ってくるという。驚天動地の話だった。森家のそれからの騒ぎはまさに「他人の家庭」の中のことだから、後世の私たちに正確にわかるわけはない。ただ森家が総力をあげてエリーゼを三十五日の間精養軒にとじこめ、その滞在の後、ドイツ船に乗せて母国へ帰らせたことだけは、はっきりしている。「追い返した」と言っていいかもしれない。長く知られておらず、一部の人は知っても語らなかったのだが、その第一の記録を世に出したのは、昭和八年（一九三三）、森於菟が、鷗外のあとを追って来日した女性があったと公表（『中央公論』）。さらに鷗外の実の妹、小金井喜美子が昭和十年（一九三五）にかけて世にあらわした回想録であった（「森於菟に」）。

喜美子の夫、鷗外より前に文部省留学生としてドイツ留学をした東大医学部教授小金井良精が、鷗外の弟篤次郎の来訪、依頼を受けて、数日後からエリーゼの帰国のため毎日のように精養軒に出かけて本人に会い、ついに説き伏せ、帰国の船賃、旅券等すべてを世話してやったと、小金井喜美子は公表した。そして鷗外自身はその三十五日間自ら精養軒に出向くことはなかった、とも記し、その後長くこの肉親による第一資料がすっかり信用された。「小柄で美しい人。ちっとも悪気のなさそうな」と夫の小金井は喜美子に言葉少なに語ったという。「エリスはおだやかに帰りました。（森家は大金持だというベルリンの誰彼の言葉を信じてやってきた）人の言葉の真偽を知るだけの常識にも欠けている、哀れな女の行末をつくづく考えさせられました。……誰も誰も大切に思っているお兄様にさしたる障りもなく済んだのは家内中の喜びでした」（『森鷗外の系図』）と書き、エリーゼを「路頭の花」と呼んだ。これがそののちの鷗外像乃至エリーゼ像に決定的な影響を及ぼした。「鷗外の恋人エリス像」である。喜美子はエリーゼと会ったことはない。

ところが一九七四年にショート・ショートの作家星新一が出した『祖父・小金井良精の記』によって、喜美子の記すところは、森家の名誉を守ろうとするあまり、真実を曲げていることが明らかになってしまった。すなわち、鷗外は恋人の築地滞在中しばしば出かけていって会っていたのである。小金井良精が日参したのは最初の三日だけで、あとは次第にまばらになって帰国への説得など充分にはしていないらしいことなどがはっきりした。帰国費用を小金井が出したかどうかも、実はあやしくなった。お家大事と懸命になった小金井喜美子は懸命になり過ぎたのだ。

それにしても、エリーゼ・ヴィーゲルトのまずブレーメンからの来日船賃、それも一等船客のそれは、いったい誰が出したのだろうか。現在にいたるまで、「鷗外は留学生であるから、鷗外本人が出したことは絶対にありえない」と多くの研究者がこぞって決めつけてきたけれども、果たしてそうだろうか。

堅気の家の育ちで、婦人帽子製作をなりわいとしていたとは言え、うら若いエリーゼ自身が工面したことは、常識からいってまずありえない。ならば、鷗外が高額の借金をしたのだろうという説もある。果してどうか。二等か安い三等船賃ならありうるだろうか。

当時の通貨換算率は一円＝一マルク八〇ペニヒ、一マルク＝五五銭で、船賃は片道一等一七五〇マルクだった。円に換算すると一等料金は九六二円である。鷗外の陸軍からの外地給与（奨学金）は月額一〇〇〇円、後期には一三〇〇円、それに毎月洋服代（軍服洗濯代）八〇円が支給されていた。決して少ない額ではない。二十一世紀の日本からの海外留学生がいただく平均的留学奨学金は、明治のそれと比べると四分の一位のものであろう。

ともあれこれだけの官費留学費を受けていれば、毎月の本代やコーヒー代は楽々と出せたろうし、ベルリン最後の数ヶ月で貯めればエリーゼの船賃は楽に出せたろう。ドイツ各地での鷗外の下宿代は食費を入れてほぼ一ヶ月一〇〇マルクで済んでいる。

ただ、横浜からドイツへの帰国旅費まではしっかりとは用意していなかったらしい。エリーゼの客室は横浜を出航する瞬間は一等客室だったが、何と港を出たとたん、次の港、神戸に着く前にあっという間の部屋換えで二等室に移されている。二等船室代は一〇〇〇マルク。七五〇マルク安くなっている。二等は個室、三等は大部屋である。エリーゼはさぞや不審、不快な思いをしたことだろう。そのやり方はいかにも姑息ではないか。しかもそれだけではない。帰途はブレーメン港までどころか、遥か南のフランスのマルセイユよりもっと東の、イタリアの港ジェノヴァで降ろされる！　あとは陸路列車でベルリンに向かう径路を示されたのだ。ジェノヴァまでだと船賃はマルセイユまでより遥かに安く、陸路の鉄道運賃もマルセイユからフランス経由よりぐんと安い。これらの旅程の切符は乗船より何日か前に、或いは少なくとも当日朝には渡されてわかっていただろう。これらすべては友人賀古鶴所の入れ知恵というか、プランによったものである。

さてしかし、午前九時、船出していった彼女は、ドイツ船ゲネラール・ヴェルダー号の舷の上から、見送る鷗外、弟の篤次郎そして小金井良精の三人に白いハンカチを振り、何の憂いもなくにこやかな顔を見せていた、という。悲しみの表情は全くなかった。小金井は「不思議」に思ったとその日の夕方、妻喜美子に語ったという。とわの別れだというのに。送る鷗外の表情については何の記録もない。軍人らしさをよそおって平然としていただろうか。船上の彼女の表情といい、これはいったいなぜだろう。

解釈は一つしかあるまい。鷗外は「あとから追っていく」とエリーゼに約束して、安心させたにちがいない。一時は本気でそう思ったのかもしれない。そのために陸軍に辞表を出そうとしたのではないか。ほっておけば陸軍を辞して再度渡独しかねない。それを止めてくれと頼む意味で、母峰子は鷗外の上官石黒のもとを訪ねている。森家の希望の息子を、ドイツ娘ごときもののあとを追って行かせてはならない。森家はそうなったら、いったいどうなるか。何よりも天子様に何と申してお詫びと申しひらきが出来ようか。この母の「天子さまに」は効いた。

森家の両親、全家族、そして陸軍と天子様の御名をふりかざす上官石黒たち。全ての人びとの知恵と力をふりしぼってもうまくいかなかった話を、友人賀古との共同の「知恵」がやっとエリーゼをにこやかに帰国させることに成功した。「家」の名誉は守られた。誰よりも強い母峰子の反対に、鷗外はなすすべもなく従わざるを得なかった。森家の家長は、「鷗外」ではない。今後とも母峰子であり続けるのである。

賀古鶴所宛の手紙

さてエリーゼ帰国もしくは、言葉が荒いが「エリーゼ追い返し」に当って、義弟小金井良精が森家の意を受けて少なくとも彼女の滞在の初期にはよく働いたが、中程からはうまくできず、決定的な働きをしたのは、余り表に出ない、少年時代からの一生の友人賀古鶴所であったと思われる。とくに小金井はエリーゼを怒らせる何かの事があったのちは、ぽつぽつとしか築地を訪ねておらず、むしろ賀古が鷗外のため全力投球で知恵をしぼったと思われる。

エリーゼが横浜を発つ三日前の十月十四日、鷗外の賀古宛に出した手紙が一通のこっている。鷗外がエリーゼの件について触れた、唯一の文献資料である。他には一切何も残っていない。この手紙にも彼女の氏名は記されていない。

御配慮恐入候　明日ハ麻布兵営え《ママ》参候　明後日御話ハ承候而モ宜敷候　又彼件ハ左顧右眄ニ遑ナク断行仕候　御書面ノ様子等ニテ貴兄ニモ無論賛成被下候儀ト相考候勿論其源ノ清カラサル故ドチラニモ満足致候様ニハ収マリ難ク其間軽重スル所ハ明白ニテ人ニ議スル迠モ無御坐候

十月十四日　林太郎

賀古賢兄侍史

「明後日御話」とは、（勤務を休み）弟篤次郎、小金井良精の二人及びエリーゼとともに横浜に向い、糸屋なる旅館に一泊すること。その次の「彼件ハ左顧右眄ニ遑ナク断行仕候」は、彼の件とは何をさすのかわからないが、ともあれ「あの件は、右や左の周囲を気にする一瞬の隙もなく、ためらわずに断行します」。「貴兄からの御便りから、貴兄も無論ご賛同下さることと存じます」となる。さて、その次が問題の山である。

「勿論其源ノ清カラサル故ドチラニモ満足致候様ニハ収マリ難ク其間軽重スル所ハ明白ニテ人ニ議スル迄モ無御坐候」。

これを現代文になおすと、こうなる。

「勿論、その由って来る因源は清くないことですから、どなたにも満足いただけるようには収まり難く、しかしそうではありますが、事の重さは明白で、人に相談するまでもないことであります」。この鷗外の私信の謎をとくなどは、至難のこと。すでに実に多くの人の解釈がある。

エリーゼの帰国は三日後に迫っている。「明後日の件」は右に述べたように、出発前日つまり本状投函からかぞえて二日後の「明後日」のこと。横浜に泊まって翌朝早い出発に備えることをさすということは、まず問題ない。

しかしその次の「又彼件ハ……断行仕候」と、おだやかではない。何を断行するのか、また実際に「した」のか。ためらわずに断行する。そしてそれについては、「貴兄も書簡で述べてくれているように、無論賛成してくれることと考える」のである。この出発の朝までに、鷗外は何を「断行」したのか。よほどの大事件でありそうだ。その結果、彼女は何の悲しみの表情もなく、ハンカチを振ってむしろ朗らかに別れていった、いや、旅に出ていった、何か大きな安心を胸に抱いているかのように。鷗外は疑いもなく、何事かを

「断行」したのにちがいない。親兄弟をはじめ、いっさいの他人の目には見えない何事かを。

　それまでに彼が苦悩の末にしようとしたことは、可能不可能は別とすれば、第一に親の反対をおし切り、親、とくに母親にそむいてする結婚の決断。あるいは陸軍の上官たちを驚愕せしめた「辞職・辞任」を敢えてすること。これは四年も留学させてくれた陸軍、いや、わざわざ出発と帰国に当って拝謁の栄を賜わった天子様（明治天皇）にそむく「国賊」となることにほかならない。一時は真剣に考えたらしいが、到底実現不可能であろう。上官石黒からはどん叱られただろう。むろん官を辞し、親にそむき親を泣かせてもベルリンへとあとから追いかけていく離れ業をあえてしていれば、『舞姫』の太田豊太郎のように対日本通信員として生計を立てること位は出来る。しかし、母にそむけるか。母を絶望させることができるか。冷静に考えれば、この一点、母への反逆こそ、鷗外が一生なしえなかったことである。絶対に出来ない。

　そこで、現状を救う手としては、エリーゼをだますことしかない。待っていてくれ。しばらくしたら追いかけていくから、と。横浜の船の上で、最後の別れを惜しみながら、もう一度この大嘘をくり返す。彼女が納得していたら、「断行」の必要はない。

　武士の子たるものが、そして今は帝国陸軍の中枢に目されている身が、一女性をこんなところでだましていいのか。男子たるものには許されざる大嘘をついて、エリーゼに改めてしばらく後の再会を約束すると嘘をつく。これが「清からざること」でなくて何だろう。エリーゼ出発直前にこの嘘をもう一度改めて確認することを「断行」するのだ。

源の清くないこと、これについて実に多くの説、解釈がある。路頭の花や賤しい女や売娼婦を相手にしたこと自体が清くない。いや、相手はユダヤ人の女だったという説もある。男女双方ともに親の同意を得ない結婚への道である、等々。なかでも広範ですぐれた『評伝　森鷗外』の山崎國紀は、実に多くのページを割いて、在ベルリン日本人留学生の間では（現在とは全く違って）、ほとんど当然自然のことであったところの「性」関係に他ならない、と熱烈に説いてやまない。そして金銭的「性」の関係と割り切っていればよかったのに、「愛」し合ってしまったのだ、へまをやったものだと説いている。清い、清くない、それは男女の性関係にしか用いられない、と……。

なるほど始めに「性」的関係があった二人だと考えることは、少しもおかしくない。しかし、だからエリーゼは賤しい路頭の花で、大家のお坊ちゃんをひっかけようとして、はるばる「追いかけ」てきたあばずれ女だったのだろうか。まだようやく二十歳前後の、父はプロイセン陸軍の軍人で、しっかり者の乙女だというのに。果たしてそんな賤しい女の面影を、鷗外が一生忘れ難く胸に抱き続けたのだろうか。いやいや、本当に彼の若い魂が心から響きかわしたような清純な人と、彼は出会ってしまったのだ。

彼女がたったひとり、彼のあとを追って遥々と遠い遠い東方の「未開の」日本まで、勝手に彼を追ってきたわけではない。律儀にためた奨学金で鷗外が船賃を出して、彼女を招待したのだ。彼女はすなおに追ってきた。そのひたむきさを利用して、鷗外は一生の大嘘をついて彼女をだましたのだ。「待っていろ、やがて追っていくから」と。嘘をつくことほど、武士の魂にそむく、みにくい業はない。しかし彼は実はとても苦しかったろう。

そして鷗外はその五ヶ月あとには、母のすすめに従って別の女性とあっという間に愛の用意もない結婚をし、一男を得ている。他方、むろんベルリンに追っていくことなぞはしない。できない。これが「清い」ありかただろうか。嘘を平気でつく根性こそ「清からざるもの」であろう。性的関係があろうとなかろうと。そして鷗外はこのつかざるを得なかった「嘘の傷」を一生胸にしまって生きた、と私は思う。

話が少し戻るが、もう一度くり返そう。鷗外が奨学金をため船賃を出してエリーゼを日本に招いたのである。それだけの奨学金が支給されていた。もしもそうでないとしたら、つまり彼女が自分勝手にブレーメンから発ったのであれば、平然と「追い返す」ことができた筈である。こちらに責任はないのだから。いや、マルセイユから日本への帰国の船の上で、鷗外の苦悩、悲哀感は益々昂じていったことが記録として残っている。鷗外自身が招いたのだから、結末が悲劇になることを早くも思い知らされ、オランダ国境で、そして船の日々で日に日に憂《うれ》いが増していったとしか思えないではないか。そして果たせるかな、帰国して両親家族に徹底的にはがいじめにされ、彼はあわれ、その猛反対におしつぶされてしまった。「家」の面目は当時はまだすべてに勝っていた。

エリーゼの面影

扣鈕

南山の　たたかひの日に
袖口の　こがねのぼたん
ひとつおとしつ
その扣鈕惜し

べるりんの　都大路の
ぱつさあじゆ　電灯あをき
店にて買ひぬ
はたとせまへに

えぽれつと　かがやきし友
こがね髪　ゆらぎし少女《をとめ》

はや老いにけん
死にもやしけん

はたとせの　身のうきしづみ
よろこびも　かなしびも知る
袖のぼたんよ
かたはとなりぬ

ますらをの　玉と砕けし
ももちたり　それも惜しけど
こも惜し扣鈕
身に添ふ扣鈕

日露戦争に出征中、南山の戦いのさなかに、思い出のカフス・ボタンの片方を失った。ありうることだ。この哀切な詩は津和野の生家の庭先に、石碑に刻まれて立っている。佐藤春夫の選という。実にいい詩である。人の心をうつ。

横浜での別れの後、鷗外の心ならざる結婚にもかかわらず、鷗外とエリーゼの間には文通は続いていたと、次女杏奴は証言している（『晩年の父』）。鷗外は初婚を自ら破ってあっという間に離縁したあと、十二年間も独身を続けたのである。その間の文通も十年目の十月頃、ついにエリーゼの側から終ったらしい。「ハルロー」と呼んでももはや『木魂』は返ってこない。彼女も結婚したらしい。その悲しみもこの詩にこめられている。

二人の間にかわされた手紙も彼女の写真も、小堀杏奴の『晩年の父』によると、鷗外の死の直前には彼の目の前で、その命により二度目の妻しげの手によってすべて焼却されて、何ひとつ残っていない。別室の函の中に関連の書類がかなりあったらしい。一度ふたをあけてなかを覗き見したことがある、と於菟は伝えているが、彼がドイツ留学から帰国してみるとすべてはいっさい無くなっていた、という。於菟は『父の映像』にこう記している。「私ははからずも父から聞いた二、三の片言隻語から推察することが出来る。……一生を通じて女性に対して恬淡に見えた父が胸中忘れかねていたのはこの人ではなかったか」と。再婚の妻しげには実は気の毒な話ではあるが――。でも不倫を働いたのではない。

娘というものはこういった人間関係には非常に敏感なものであるらしい。とくに父を愛してやまぬ娘は敏感である。この娘杏奴に、しげは、彼女が十歳の頃遊んだことのある荒物屋勤めの少年店員について語ったことがある。この少年が鷗外のドイツ時代の恋人に「生き写し」だと鷗外がしげ夫人に語ったことがあるという。素直正直そのものだ。

「母の言葉で、今更に私は、遠く、幼い日々を振り返り、感無量であった。少年と語り合っている私や、弟を、軍服姿の父が、微笑を湛え、じっとみつめていた一瞬の表情が、突如、まざまざと、眼前に浮かんだからである。何時もの、陽光の降りそそぐように、晴れ晴れとした、あの、輝くような微笑ではなく、その笑顔には、今思うと、一抹の、寂しい影が感じられたのである。

少年はいわゆる美少年というものでもない。ただかしこそうな、実に気持のいい顔としかいいようがない。少しでも似ている人を！　と思い……記憶の中を走せめぐっているうちに、その顔が、私のあまり好きでない、亡くなった祖母の、真正面向きの写真の顔に、ぴったり重なった。そして父が、意識せずして、異国の街において、その母の俤を胸に描いていたことを知った」。

小堀杏奴はその名著『晩年の父』にこう記している。むろんこれだけでエリーゼの面影がはっきり描かれているわけではない。しかし、実にしみじみと人柄と面影の特徴が伝わってくるではないか。

ベルリン在住の映画評論家六草いちかは、驚くべき執念でエリーゼの実名、家庭環境、出生、洗礼、堅信礼そして後年の結婚とその夫を先に送ったこと、そしてエリーゼ自身が第二次大戦を生き抜いて一九五三年にベルリンで亡くなった跡を、実に正確に洗い出した。全市の八〇%が連合軍の猛爆によって焼滅し、全市内の公的文書記録が失われたのに、エリーゼ関連地区の教会アーカイヴだけは残っていることを苦心惨憺の末に発見し、データを得ただけではない。六草が、教会というものに親しい人であるから出来た。それに現代的電子機器の扱いにもなれている！　なんと結婚後の彼女エリーゼの肖像写真まで入手している。

『鷗外の恋　舞姫エリスの真実』（講談社　二〇一一年）と『それからのエリス』（講談社二〇一三年）とは、たいへんな苦労をした二冊の労作であるが、六草の追跡報告はおおむね正しい、とされている。とくにかつては可憐きわまる美貌の少女と『舞姫』に描かれたエリーゼの、中年肥りの、いかにもドイツ的にたくましい容貌は、まことに中年ドイツ婦人らしい。貴重な記録である。私の身近な女子高校生は『舞姫』のイメージと違いすぎると嘆いたが、私は何といっても彼女がその後堂々と一生を生き抜いたことを知って、涙が出るほど感動した。しかも、あの凄惨極まる地上の生地獄ベルリンで、第二次大戦を生き抜いたということに。

エリーゼについてのデータ 二、三

現在ベルリンに住んで働いている友人の著者六草いちかは車の運転が巧みで、混雑を極める市内の大道でも、細い裏道でも巧みに高速で走る。私もずいぶん乗せてもらい、お世話になった。教会オルガン研究家のご主人（ドイツ人）、成人近い男女の子どもたちと、明るい家庭を築いている。

彼女はまったくふとしたことをきっかけに、ベルリンを舞台にした森鷗外の『舞姫』の基となる史実探訪を始め、そのモデルとなったであろう女性の実像を求めてベルリン中を懸命にさぐり歩いた。すでに多くの専門家の研究があるのだが、六草は他の人が思いもしなかった調査を独力で続けた。とくに余人の思いもつかなかった教会関係の資料を訪ね歩く。むろん第二次大戦でほとんどの資料が焼失しているが、それでも石造の古い諸教会の地下文庫に少数の思いがけぬ情報が残っている。頼まれたわけでもないのに彼女は、いくつもの教会、州立、連邦、（かつてのプロイセン）王立、市立の公文書館、ユダヤ人記念資料館をはじめ、数え切れぬほどのソースを独力で訪ね歩き、独特の勘とエネルギーで、まずは実在したエリーゼ・ヴィーゲルトの実像と彼女についての、かなりのデータを見出すという難事業をやってのけた。

その結果、『舞姫』のモデルとなったエリーゼ・ヴィーゲルトは実在した人物であり、いくつかの存命中のデータが明らかになった。それまで広く、かたく信じられていた「賤しい」、「路頭の花」の「踊子」説はすべて虚構で、エリーゼはプロイセン陸軍軍人を父とした、堅気のドイツ・プロテスタント（新教）の家庭に生まれ育ち、上品な高級婦人帽製作をなりわいとし、鷗外が二度目の結婚をした二年後に結婚。ユダヤ系の夫と豊かな家庭をつくったが、子はなく、夫を早く失い、ベルリンの大きなユダヤ系墓地に立派な石碑の墓を建て、彼女自身は第二次大戦を生きのびて、一九五三年にベルリンでプロテスタント信者として亡くなった。いくつかの情報を六草の探求をもとに簡単に記そう。

エリーゼ・ヴィーゲルト　Elise Wiegert

出生一八六六年九月一五日、当時はドイツ領で、現在はポーランド領シュチェチンに生まれる。同市に母マリーの実家があった。出産のため一時同地に戻ったものと思われる。

同市の城《シュロス》教会で嬰児洗礼を受ける。出生届出。

父フリードリヒは、もとプロイセン陸軍勤務ののち、退任してベルリン市内の銀行に勤めた。エリーゼ出産後一家は再びすぐベルリンに帰り、父は一八八〇年頃死亡。あと母はいくらか生計の苦労をしたらしい。

しかし母マリーは長生きしたらしい。

妹が二人いた。

来日したときエリーゼは二十一歳。当時の民法で成人となっていた。（ということは、単身海外旅行を許されたことを意味する）

結婚　一九〇五年七月一五日、エリーゼ三十八歳。

夫　マックス・ベルンハルト。ユダヤ系商人。一八六四年生。子はなし。かなり豊かな生活をしていたらしい。一九一八年ベルリン、シャリテー病院にて死亡。五十四歳。ナチによるユダヤ人迫害を知らずに逝った。

エリーゼの最期。ベルリン、ノイケルン区、レーナウ通りのプロテスタント系福祉事業の老人ホームで死去、一九五三年八月四日。八十六歳。埋葬された墓地は今のところ不明。

鷗外遺品のモノグラム

鷗外の遺品のなかに、RとMの文字をかたどったデザインのモノグラム型金がある。これは言うまでもなく森林太郎のRとMで、かつて一九三〇年代までのドイツでは、婚礼前の花嫁が新郎の身のまわりのハンカチやシーツやタオルなどに新郎のイニシァルを刺繍するのが当り前の習慣だった。そのための金属製のテンプレートとしての型金である。

六草いちかは、その鷗外の遺品のモノグラム型金について詳しく説明している。どうやら東京ではなく、すでにベルリンでエリーゼが鷗外に贈ったものらしい。私は六草の著『鷗外の恋』にある型金の写真を見て、エリーゼが船で日本へと追ってきて彼女が手ずから鷗外に贈ったものだと早とちりをしてしまった。そうだとすると、結婚のしるしとして贈ったことになる。慎重な著者六草はそこまで踏み込まず、ベルリンでの親しい間のプレゼントとして贈ったものだろうと見ている。なるほど、それが正しいのかもしれない。

エリーゼなる人間の人格を認めない小金井喜美子も、こう回想している。

「エリスという人とは心安くしたでしょう。大変手芸が上手で、洋行帰りの（お兄様の）手荷物の中に、空色の繻子とリボンを巧につかって、金糸でエムとアアルのモノグラムを刺繍した半ケチ入れがありました」（『於莵に』一九三六年）。

だとすると、嫁入り道具として必需品だったテンプレートを、どうして鷗外がずっと持っていたのか。そこがつながってくるのではないか。

どちらにしても、嫁入り前の娘らしく、喜びの日を待ち望んで贈ったモノ・プレートにちがいない。彼、鷗外が南山でなくしたカフス・ボタンも惜しいが、このモノ・プレートも失うことのできぬ記念の品だったに違いない。エリーゼの可憐な心やりが偲ばれてならない。そしてプレートを一生大事にした鷗外の心も。

母峰子の必死の願いと奔走によって、鷗外は帰国後、半年もたたぬ翌明治二十二年（一八八九）三月、赤松登志子と結婚する。心ならずもというより、何もかも母にまかせて、母の意のまま、自らの意志はどこかに消えていたかのようである。ところが何と一年後、彼の方から家出をして強引に離婚する。長男於菟が生まれた直後である。エリーゼはこのことを知っていたであろうか。常識的には、知るよしもなかった。ただ、もしも彼女が在ベルリン日本人の誰彼かと知り合いになっていたら、噂話として聞いたかもしれない。あるいは、翌年公務訪欧の賀古鶴所が彼女のもとを訪ねて語ったか。

何にしても不思議なことがこのあと三つある。一つは鷗外もエリーゼも、それから十年余、結婚をしていないこと。さらにもう一つの不思議は、次女小堀杏奴が記すように、二人の間にはほぼ十年の間、文通が続いていた（らしい）ことである。第三に、母峰子が長男に代って誰宛か私たちには不明の、毎月高額八十円の外国為替を組んでドイツに何年も贈り続けたこと。

十年の文通がどうやらエリーゼの方からぷっつんと断たれたあとの悲しみを、鷗外は南山の扣鈕《ボタン》の詩や短篇『木魂』に結晶させている。純粋な真情であると私は思う。

一方、出征先から銃後にのこした再婚の妻しげに宛てた甘ったるさに満ちた有名な「妻への手紙」は、母峰子への無礼を怒りつつも、しげを愛して、嘘ではない本心からの甘いことばに満ちている。さむらい鷗外の心身にも、妻への甘えがあった。すばらしいことではないか。

日露戦争出征前につくった法的遺言では、全相続財産を母峰子と長男於菟に「両半」（折半）して遺すこととし、妻にはビタ一文遺さないと決めている。この遺産相続問題では冷酷と言えるほどの立場をとった鷗外の、女性的なるものへの甘えの心は、嘘もいつわりもないものだった。

そしてしげは夫鷗外を深く愛した。小堀杏奴の言うとおりであった。夫の没後、しげは頼るべき人とよるべをまったく失い、孤独極まる後半生を送った。新約聖書から名句を多数書きぬいて覚えようとしたりしたが、それでいやされる寂しさではなかった。そんな晩年のしげを、娘たちがそれなりにいたわったことは、私たち後世の読者にとってもほっと心から息をつく慰めである。

鷗外は母、妻、子らから本当に愛されて一生を送った。そして胸の内に若き日の「こがね髪　ゆらぎし　少女」の像をずっと持っていた純情も、実に彼らしい生涯だった。

あとがき

　太平洋戦争の終りが近かった頃、中学生の私は初めて意識して森鷗外の作品をいくつか手に取って読んだ。勤労動員と空襲の合い間のほんのひと時だった。なかでも『山椒大夫』が胸にひびいた。話の筋はもっとずっと前の小学校二、三年の頃からよく知ってはいたが、自分の手にとって一句一句文字を確かめながら読んだのは初めてだった。そしてその時に私は、これがわが生の最後のひと時だろうと思っていた。

　弟の厨子王を遠く京都へ逃がしてやろうと思案をこらした安寿（姫）が、京都への道の見える、しば刈りの山に登る道で、足もとの岩の割れ目に咲く小さな菫を見つけ、

「ご覧。春になるのね」

と、ひとこと言う。弟の気持を明るくしてやろうとして。

　しかし春は、本当なら少女の花咲く時なのに、彼女はもはや、すぐにも春を迎えずに死ぬ。少女はしっかり覚悟をしている。そうなのだ、ぼくたち中学生ももう春を迎えることはないだろう。食べるものがなくてたえず飢えた野獣のように食べることばかり考え、剣つき三八《さんぱち》銃で生きている人の代りの藁人形を刺す猛烈な軍事教練は終ったが、今は毎日早

朝から勤労動員で軍需工場に出かけている。引きずって歩く脚は脚気《かっけ》のために足首が太股よりふとくむくんでふくれ、重い工具の荷物を担いで東京西郊の山径を喘いでいると何度も米軍機P51やグラマン艦上戦闘機の機銃掃射を受ける。夜はB29の爆撃で家も町も焼ける。ぼくたちにはもう春はない。岩間にひともとの菫も咲きはしない。

さて目をこらして読んでみると、短くてつよい言葉なのに、やさしい悲しみがある。私は二度、三度と、この語句のところに戻って読んだ。さらに物語の諸場面がありありと目の前に浮かぶ。

あれから幾歳月かが経ってしまった。今、改めて鷗外の史伝を含む作品の幾つかを手にして、彼の生涯を貫く文章の清潔な靭さと、ひそやかな悲しみを強く感ずる。

もちろん人の一生は、いつの時代の誰でも悲しみ多いものだろう。慰めようもなく荒涼とした石ころだらけの砂漠を歩いていくのが人生というものだろう。そしてこの人、鷗外はどうなのか。みごとな人生の「上昇」を意のままに果たし、軍医としてのトップの座を念願通りかち取って八年余もその座にあり、幾つもの世にのこる創作と翻訳作品をのこしていったこの人は、それだけ多くの深い悲しみを噛みしめて人生を生き、言葉を刻んだ。いい桝目いっぱいの大きくてのびやかな、さわやかな文字をよくとがった鉛筆で記して。いい字を書いた。文章そのままである。私は鷗外の字が好きだ。

今、私は鷗外が五十歳（数え年）で書いたエッセイ風の自伝的作品『妄想』を手にしている。この自伝的小説には多くの哲学者の名前が次から次へと出てくる。ショーペンハウエルからハルトマンを経てニーチェに至るまで。しかしこの『妄想』の中で私の心をとらえるのは、岩のさけ目に咲く小さな菫のような、次の一節である。

「自分は辻に立ってゐて、度々帽を脱いだ。昔の人にも今の人にも、敬意を表すべき人が大勢あったのである。帽は脱いだが、辻を離れてどの人かの跡に附いて行かうとは思はなかった。多くの師には逢ったが、一人《ひとり》の主には逢はなかったのである」。

この語句は十数行あとに、さりげなくもう一度繰り返される。ごく僅かな変更を加えて。

「辻に立つ人は多くの師に逢って、一人《いちにん》の主にも逢はなかった」。

ほんの僅かな語句の変更である。しかしそれによって語調は強さを増している。この語句だけを取り出せば、未来や来世や極楽、天国などを信じない傲慢だと解釈が出来るかもしれない。しかし僅かに語句を縮めて繰り返し、一人《ひとり》の主を一人《いちにん》の主と言い変え繰り返しているので、前後はさりげないのだが、しかしここにはかすかな悲哀のひびきがある。

いったいここにいう「主」とは何か。本書冒頭に置いた拙文は、この「主」に深い重みを感じて記した。「主」とは、「長上」でも「お上《かみ》」でもない。「主人」でも「あるじ」でもない。鷗外がよく読んだであろう漢訳聖書が「神」、「天帝」、「天主」を避けてその代りに用いたであろう語である。時と永遠を越える超越者として。こういった本書の解釈をご覧いただけると幸いである。

　そして続けて、生まれ故郷津和野へのひょっとしたらあったかもしれぬキリシタン虐殺に関わる心のわだかまり。若き日から一生ひそかに負い続け、かくし続けた肺結核。脚気病原についての一生の重荷、失敗、その暗い思い。そして何よりも一生忘れられなかったエリーゼ・ヴィーゲルトへの負い目と悲しみの重さ。彼の生涯には実に多くの深い悲しみがあった。自分自身への悲しみがあった。しかし同時に『空車』の明るさもある。

　恐らくこれだけではないだろう。作品化されたものだけでも、かくの如くである。それを彼は平明で自然な手書きの文字にして刻んだ。書けなかったことも多い。文字に刻まれてのこされたそれらを後世の私たちは、己《おの》が心の糧として受け取っていいだろう。

　また時折、鷗外の作品を手にしてその言葉の小径を辿りながら、この一節をドイツ語で言うとすると、どういうふうに言うのかなと思うことがある。史伝の簡潔ながら岩のような文章は、教養の欠如した私ごときものに訳せるわけがない。部分によってはドイツ語や英語に意訳して置き換えることはできよう。しかし静かなうねりを上げて襲いかかってくる史伝の文章は、ただ楽しむだけならともかく、その響きを生かして外国語に訳すことなど、私ごときものになしうることではない。

ひるがえって、もっとずっとやさしい『山椒太夫』のあの一節、「ご覧。春になるのね」なら訳出できるか。何でもないように思える。しかし立ちどまってよく考えると、この短い一句に、性差、年齢差、場所、時刻、季節感など実に多くの要素が集っていて、どの要素も必要不可欠でありながら、訳出はできない。むろん、事柄の骨組を訳して言うことはできる。四、五通りの文章がすぐ口に浮かび、そのうちのどれが一番原語の日本語に近いかを考えてみることはできる。だが、対話者の人間関係をこの文章の短かさで訳出することはできない。言語の差は絶望的に大きく、深い。その差を乗り越えて、事の本質を伝えなければ翻訳にならない。全く違うメロディーで同じ歌を歌うのに似ている。それでも何かの実質を伝えなくてはならぬ。

『舞姫』のドイツ語訳を見たことがある。あの明治らしい音調は訳出できない。しかし話の筋だけは伝えられるのである。自らをかえりみれば、私もカール・バルトの論文やトーマス・マンの長大を極める長篇小説を邦訳したこともあったし、あろうことかゲーテの厖大な詩集を訳したこともある。その逆のこと、つまり日本語の文章をドイツ語に訳したこともある。恐ろしいことをしたものだと今改めて身のすくむ思いがする。多くの先人たちが労苦した道を少し辿ったにすぎない。でも、歩かなくてはならぬ道であった。深い言語差を越えて文化同士の相互理解の橋を架けなくてはならない。

思えば鷗外と上田敏は、翻訳を通してよくぞ新しい「詩」を明治の日本語に創り贈ったものだ。あれは訳者たちの若さだったのか、持って生まれたエネルギーか、それとも上昇する時代のおかげだったろうか。

鷗外の厖大な知識、表現言語の豊かさ高さ、見識の深さ。軍務上でも果たした（或いは果たしえなかった）課題と成果と失敗。それらは見渡し尽すこともかなわない。ただ私は、少年の日の空襲の合い間に偶然にも手にして読んだ鷗外の日本語の作品に受けた感動を、飢え疲れ切った心身の感覚とともにはっきり覚えていて、いかんとも忘れがたく、鷗外の歩んだはるかな道の僅かな一部なりとも辿ってみたいと思った次第である。本書はその道での小さなつぶやきのようなものである。


新型コロナ・ヴィールス感染症がいまだに猛威をふるっている今、この小さな随想の出版を決めて作業を進めていて下さるのは、神田神保町の青娥書房、関根文範氏である。ここ二十年来、木々をテーマにした拙著を幾冊か出版して下さっている。空前絶後の出版不況のさなかに、このような文書の出版をあえて続けて下さる勇気にはただ頭が下がる。

それだけではない。同氏は、体調を崩して病臥生活三年になる私のために、ただの随想とは言え、どうしても必要な文献を全国ネットで探索し、さらに自ら神保町の古書街を歩きまわって探す労をいとわれなかった。幾重にもお礼を申し上げたい。その労に少しなりとも報いるものでありたいと願う。明治時代の脚気にも似て、暗雲はれやらぬ全世界的大疫病のはれる日の早いことを祈りつつ。

二〇二〇年初夏

小塩　節

小塩　節（おしお　たかし）
1931年長崎県佐世保生まれ。東京大学文学部独文科卒。国際基督教大学、中央大学文学部教授（ドイツ文学）、フェリス女学院院長、理事長を経て、現在、東京杉並・ひこばえ学園理事長、中央大学名誉教授。その間に（大学在職のまま）駐ドイツ日本国大使館公使、ケルン日本文化会館館長、国際交流基金理事・同日本語国際センター所長等を兼務。ドイツ連邦共和国功労一等十字章、同文化功労大勲章叙勲、日本放送協会放送文化賞、ワイマル・ゲーテ賞等を受賞、ケルン大学名誉文学博士。
著書に『旅人の夜の歌―ゲーテとワイマル』（岩波書店）、『ドイツのことばと文化事典』『ドイツ語とドイツ人気質』『ライン河の文化史』（講談社学術文庫）、『ガリラヤ湖畔の人々』『バルラハ―神と人を求めた芸術家』（日本基督教団出版局）、『トーマス・マンとドイツの時代』（中公新書）、『木々を渡る風』（新潮社 1999年日本エッセイストクラブ賞受賞）、『「神」の発見―銀文字聖書ものがたり』（教文館）、『ぶどうの木のかげで』『木々との語らい』『人の望みの喜びを』『樅と欅の木の下で』（青娥書房）、『モーツァルトへの旅』（光文社）、『ブレンナー峠を越えて』（音楽之友社）ほか多数。訳書に『ゲーテ詩集』（講談社）、トーマス・マン『ヨセフとその兄弟』（望月市恵と共訳、全三巻筑摩書房）、『トーニオ・クレーガー』（主婦之友社）、カール・バルト『モーツァルト』（新教出版社）ほか多数。

随想　森鷗外

2020年8月1日　第1刷発行

著　　者　**小塩　節**
発 行 者　**関根文範**
発 行 所　**青娥書房**
東京都千代田区神田神保町 2-10-27　〒101-0051
電話 03-3264-2023　FAX 03-3264-2024
印刷製本　**モリモト印刷**

ISBN978-4-7906-0377-1　C0095
＊定価はカバーに表示してあります